신혼 엔딩

신혼 엔딩

———— 이진영 에세이

P:AZIT

차례

1부   새댁이라 불러다오

첫 만남
그리고 6개월 만의 결혼

서른여덟에 그를 처음 만났다. 봄에 만나 여름을 함께 보냈다. 꽉 찬 가을을 보내고, 겨울이 되기 전에 우리는 부부가 되었다. 사계절을 만나보고 결정하겠다던 나의 포부는 엄마의 등짝 스매싱에 힘없이 스러졌다. 6개월 만의 일이다.

결혼을 한다면 서른두 살에 하고 싶었다. 여러모로 그 나이가 적당해 보였다. 서른한 살까지 열심히 일하고, 놀았다. 올해가 마지막인 것처럼 최선을 다해서 놀았다. 서른두 살이 되면 삶의 변곡점이 기다리고 있을 테니까. 하지만 달라진 건 없었다. 여전히 신나고 재미있는 일이 많았다.

인생 계획을 수정했다. 1년만, 1년만 하면서 더 열심히 놀았다. 회사 술자리도, 동호회도 무엇 하나 놓치고 싶지 않았다. 그렇게 나는 회사에서는 이 과장이 되었고, 스윙댄스 동호회에서는 지터벅 쌤이 되었다.

그사이 여러 번의 충격적인 소식을 접했다. 나에게 고백했던 대학 선배의 청첩장, 썸인 줄 알았는데 다른 여자와 공개 연애를 발표한 동호회원, 사촌 여동생의 결혼과 출산 소식까지…. 서른다섯이 되면서부터 초조해졌지만, 그것도 3년이 넘어가자 해탈로 바뀌었다. 혼자 사는 것도 괜찮다며 정신 승리를 다짐했다. 그때 남편이 내 앞에 나타났다.

처음 만난 날, 나는 그에게 반하지 않았다. 이십 대의 찌릿찌릿한 케미는 없었다. 대신 그는 나의 호기심을 자극했다. 그와 얘기를 나누는 게 재미있었다. 탁구처럼 오가는 대화의 랠리가 좋았다. 이 남자가 궁금해졌고, 만남이 이어지면서 깨달았다. 결혼은 이런 사람하고 하는 거구나. 그래, 이제 엄마랑은 그만 살 때도 됐지. 엄마보다는 이 남자와 사는 게 신선하겠네. 어느 순간 결심이 섰고, 내 하우스메이트는 엄마에서 남편으로 교체되었다.

결혼하고 만 3년을 넘기면서 신혼이 끝났다. 누군가 "어이, 3년이 지나면 신혼이 끝나는 게 국룰이니까 그런 줄 아슈"라고 한 것은 아니다. 하지만 결혼 생활에 한 획을 긋는 사건이 있었다. 세 번째 결혼기념일이 지나고 남편이 기다렸다는 듯 사고를 쳤다. 찬물을 맞은 것처럼 정신이 번쩍 들었다. 내가 알던 세계가 순식간에 뒤집혔다. 그 사고는 여전히 수습 중이며, 현재 진행형이다.

아무한테도 말할 수 없는 비밀은 아니지만, 누구에게나 말할 수 있는 이야기는 아니다. 가슴 깊이 묻고 살기에 내 입은 한없이 가볍다. 마음속으로 되뇌고, 담금질하고, 곱씹은 그동안의 에피소드를 털어놓을 때가 된 것 같다. 이 말이 꼭 하고 싶다.

결혼은 실전이다!

1부

새댁이라 불러다오

내 남편은 비밀 미남

내 남편은 비밀 미남이다. 어쩌면 그가 잘생긴 게 아닐까, 의심한 적이 있다. 하지만 작기 않은 얼굴, 고르지 않은 치열, 덥수룩한 머리와 눈가의 주름을 보며 이내 의심을 거두곤 했다. 마른 체형도 한몫했다. 그를 처음 봤을 때 몸에 시선이 가느라 얼굴을 마지막에 봤다. 하체가 가늘어서 바지가 태극기처럼 펄럭였다. 키 차이는 10cm가 넘는데, 몸무게는 5kg밖에 차이가 안 났다. 몸무게가 역전될까 봐 초조했다.

그의 얼굴은 까무잡잡하다. 한여름에도 선크림을 바르지 않는다. 그가 피부 미용을 위해 하는 일은 로션을 바르는 게 전부다. 브랜드를 알 수 없는 대용량 로션이다. 남자 목욕탕에 가면 똑같은 로션이 있다고 뿌듯하게 말한다.

촌스러움은 그의 미모를 숨기는 데 결정적인 역할을 한다. 어떤 바지든 밑단을 두 번 접는다. 바지가 바짝 올라가 복숭아뼈가 도드라진다. 청바지는 그의 출근 룩이다. 옷장에 있을 틈이 없다. 겨울용 바지는 따로 없다. 청바지 안에 타이즈를 입는 작은 변화만 있을 뿐이다. 운동화는 두 켤레를 번갈아 신는다. 아디다스의 특정 시리즈를 고집한다. 새 운동화를 사자고 하면 취향을 존중해달라고 한다. 빗밋해 보이는 그의 패션이 확고한 취향이 반영된 결과물이라는 사실이 놀랍다.

시댁에 처음 갔을 때가 생각난다. 거실 벽이 가족사진으로 빼곡했다. 액자를 하나씩 둘러보다가 낯선 남자에게 시선이 멈췄다. 미남이다. 사진과 남편을 번갈아 쳐다보았다. 풀어야 할 숙제가 생겼다.

"나 사실 역변의 아이콘이야." 그가 쑥스러워하며 고백했다.

남편의 고모님이 우리를 소개해주던 날, 이런 말을 남기셨다.

"우리 조카 별명이 장동건이었어. 서울 생활이 힘들어서 그런 거지…."

그의 외모에 무슨 일이 생긴 것인지 알아야겠다. 명탐정 코난에 빙의한다. 첫 번째로 불균형한 식사가 유력한 원인으로 추정된다. 그는 열일곱 살 때부터 기숙사 생활을 하고, 스무 살 때부터 자취를 했다. 집밥의 은혜로움과 거리가 먼 삶이었다. 그의 자취방에 처음 갔을 때가 생각난다. 작은 냉장고 안에는 변변한 먹거리가 없었다. 냉동실에 빠삐코 하나, 냉장고에 콜라 한 병, 신김치, 먹다 남은 한솥 도시락 반찬이 다였다. 남편을 미남으로 만들기 위해 결혼하고 한동안 먹이는 데 집착했다. 결과는 실패였다. 내가 2kg 찌는 동안 남편의 몸에는 변화가 없었다. 10년 넘게 같은 체중이라고 했다. 두어 달 노력하다가 포기했다.

두 번째로 손댄 것은 그의 헤어 스타일이다. 지나치게 풍성한 머리숱과 새치가 거슬렸다. 먼저 새치 염색을 했다. 마루에 신문지를 깔고, 그를 의자에 앉혔다. 참빗을 사용해서 염색약을 촘촘하게 펴 발랐다. 30분 뒤에 머리를 감고 나온 그가 거울 앞에서 만족스럽게 웃는 것으로 새치 미션이 완료되었다. 다음은 풍성하다 못해 덥수룩한 헤어 스타일이다.

단골 미용실에 그를 데리고 갔다. 다운펌으로 옆머리를 눌러주고, 세련되게 커트를 하니 얼굴 라인이 정돈돼 보였다.

다음 날 퇴근한 그에게 물었다.

"회사 사람들 반응은 어때? 잘 어울린대?"

"한 명도 못 알아봐. 신기할 정도야."

여기서 포기할 수 없다는 집념과 오기가 생겼다. 겨울 외투와 신발을 사러 백화점에 갔다. 옷이 날개라고 했다. 그가 외투 하나를 만지작거렸다. 가격이 꽤 비싸서 3개월 할부로 샀다. 신발도 하나 샀다. 운동화만 신는 그를 위해 구두처럼 보이는 검정 골프화를 샀다. 이 외투와 신발이 그를 돋보이게 해줄 것이다.

외관보다 중요한 것이 균형 잡힌 영양 상태다. 눈가가 떨리는 걸 보니 마그네슘이 필요했다. 아침마다 비타민, 마그네슘, 우루사, 오메가3와 홍삼 한 포를 챙겨주었다. 그의 얼굴에 미묘하게 생기가 돌기 시작했다. 잠복근무 중인 그의 미모가 꿈틀거렸다.

나의 마지막 스타일링은 결혼반지다. 원치 않는 상대가

남편의 잘생김을 알아볼 경우를 대비해야 했다. 남편이 처음에는 반지 끼는 게 불편하다고 했다. 한 달만 끼어보라고 권유한 나의 '발 들여 놓기' 전략이 통했다. 그는 결혼 4년 차인 지금까지도 출근할 때 결혼반지를 낀다.

한 번은 출근하려고 나선 그가 되돌아왔다.

"반지를 깜빡했어. 미안해."

남편의 행동이 사랑스러워 다정하게 껴안아주었다. 이제 누가 뭐래도 이 남자는 내 남자다. 그가 30년간 비밀 미남으로 살아와서 다행이다. 덕분에 나한테 차례가 왔다.

나는 자연인과 산다

남편은 소유욕이 없다. 살림을 합쳤을 때 그의 소박한 옷가지와 물건에 놀랐다. 이삿짐에는 계절별로 꼭 필요한 옷과 신발만 있었다. 어떤 옷은 사계절용이었다. 미니멀 라이프를 몸소 실천하고 있었다.

그와 비교하면 나는 물욕 넘치는 도시 여자다. 할인을 하면 여러 개를 사서 쟁여 놓는다. 둘 다 예쁘면 둘 다 산다. 검은색 티셔츠와 흰색 티셔츠, 회색 에코백과 검정 에코백이 그렇다. 신혼집 옷장 네 칸 중 세 칸은 내가 쓴다. 물건의 점유율만 놓고 보면 집주인은 나다.

그는 15분이면 외출 준비가 끝난다. 샴푸와 보디클렌저, 로션 하나면 끝이다. 나는 외출하려면 최소 40분이 필요하다. 세안할 때는 클렌징 로션과 미용 비누를 쓴다. 머리를 감을 때는 샴푸와 트리트먼트를 사용한다. 샴푸는 지성 샴푸와 탈모 샴푸를 이틀 단위로 번갈아 사용한다. 머리를 말리고 나면 두피 에센스와 헤어 에센스를 차례대로 바른다. 그다음은 화장이다. 스킨, 에센스, 수분 크림, 선크림, 파운데이션을 바른다. 눈썹 펜을 사용하고, 립스틱과 립글로스로 마무리한다. 필요한 물건의 가짓수가 다르다.

그의 무소유는 장을 볼 때도 흔들림이 없다. 어묵탕을 끓이려고 '어묵, 무, 곤약, 파'를 사 오라고 했더니, 지갑을 들고 나간 지 5분 만에 돌아왔다. 너무 빨리 돌아와서 슈퍼마켓이 문을 닫은 줄 알았다. 그의 장바구니에는 정확히 어묵, 무, 곤약, 파가 들어 있다. 음료수나 아이스크림, 과자 따위는 없다. 그의 신속한 장보기 비결은 경주마처럼 좁은 시야다. 목표물만 정확히 골라 담는다.

일상에서 무소유를 실천하는 남편의 세계관이 있다. 바로 자연주의다. 나는 그를 자연인이라고 부른다. 결혼하고 두 달이 지났을 때, 화장실의 무언가가 내 시선을 멈추게 했다.

남편의 비누였다. 화장실에는 비누가 두 개 있다. 왼쪽은 클렌징 겸용으로 사용하는 내 비누고, 오른쪽은 그의 비누다. 그의 비누가 모형처럼 그대로였다.

"손 씻을 때 뭘로 씻어? 왜 비누가 그대로지?"

"나? 그냥 물로 씻는데? 헤헤."

그는 건성 피부다. 하루쯤은 씻지 않아도 티가 안 난다. 세안을 하지 않는 게 피부 비결이라고 한다. 기적의 논리다. 그가 쓰던 대용량 로션이 최근에 바닥났다. 이때다 싶어 새 제품을 골라주었다. 스킨을 바르지 않는 그를 위해 올인원 로션을 샀다. '남자를 아니까'라는 제품의 광고 문구가 '남자의 귀차니즘을 아니까'로 읽힌다. 그에게 딱이다.

그는 피부뿐만 아니라 두피도 건성이다. 주말에는 머리를 감지 않는다. 외출할 일이 생기면 모자를 쓴다. 일요일 저녁이 되면 그의 머리가 착 달라붙어 있다. 물끄러미 지켜보다가 한마디했다.

"비 맞았어?"

"헤헤, 자기 전에 샤워할게."

"우리 집이 사막이야? 물이 귀해?"

양치질 얘기도 빼놓을 수 없다. 그는 충치가 없는 게 신기할 정도로 양치질을 싫어한다. 결혼하고 첫 한 달간 그의 습관을 고치기 위해 노력했다. 타이르고, 화내고, 뽀뽀를 거부했다. 하지만 고쳐지나 싶다가도 제자리였다. 결혼 첫해의 마지막 날, 나는 마침내 폭발했다.

시작은 좋았다. 치킨에 맥주는 옳았고, 방 안은 따뜻했다. 충분히 배가 부르자 그가 씩 웃더니 치킨을 먹던 손을 씻지 않고 자연스럽게 침대에 누웠다. 채 5분이 되지 않아 코를 골았다. 타종 행사가 끝나고 그를 깨웠다. 12월 31일이 지나고, 1월 1일이다.

"일어나. 양치질하고 자야지."

"우웅… 너무 졸려…."

그가 돌아눕는다. 양치질을 하지 않고 자겠다는 의지의 등짝이다. 새해 목표가 '매일 양치질하고 자기'였다. 첫날부터 양보할 수는 없었다.

"나 작은방 가서 잔다."

분명 크게 말한 것 같은데, 그는 움찔할 뿐 별다른 반응이 없다. 작은방의 매트리스에 가만히 누웠다. 뒤척거리며 안방의 인기척에 귀를 기울였다. 잠이 오지 않았다. 아니, 잠이 올까 봐 무서웠다. 이대로 잠들었는데 아침이 오면 각방을 쓴 셈이 된다. 시작은 미비하나 끝은 창대한 부부 싸움이 될지도 모른다.

새벽 1시, 그가 안방 문을 여는 소리가 났다. 뒤이어 양치질하는 소리가 들렸다. 치약 냄새를 풍기며 그가 작은방에 들어왔다.

"나 작은방에서 잘 거라니까?"

"알았어, 그럼 나도 여기서 잘게."

남편이 내 옆에 누웠다. 몇 번의 실랑이 끝에 그가 나를 번쩍 안아 들었다. 못 이기는 척 몸을 맡기고 남편과 안방 침대로 복귀했다. 그 뒤로 남편은 자기 전에 꼭 양치질을 한다.

못 참겠어

나는 잠실새내역에서 근무하고, 남편의 회사는 강남역이다. 지하철로 다섯 정거장이다. 비슷한 시간에 퇴근하는 날은 만나서 함께 집으로 갔다. 지하철을 타기 전 '9-2'라고 지령을 보내면 남편은 10분 후 해당 칸에 타는 것으로 미션을 수행했다. 단, 첩보 영화의 요원처럼 멋있게 등장하지는 않았다. 남편은 인파에 떠밀려 엉거주춤 지하철에 올라탔다. 퇴근 시간대의 강남역은 인산인해다. 내가 먼저 발견하고 반갑게 손을 흔들면 남편이 고개를 끄덕였다. 하지만 인파를 뚫고 내 앞까지 오지는 않는다. 닿을 듯 닿지 않는 거리에서 10분을 보내며 남인 듯 사당역까지 간다.

마침내 지하철에서 내려 바라만 보던 그에게 다가가 슬며시 팔짱을 낀다. 그의 체온에 잠시 설렌다. 지하철역 계단을 오르기 전, 그가 가방을 뒤적거리더니 포장지가 구겨진 장미꽃을 불쑥 건넨다.

"오다 주웠어."

그에게 받는 첫 번째 꽃이다. 오늘이 로즈데이라는 걸 알고 있었다는 사실에 작게 놀랐다.

집에서 가장 눈에 띄는 위치에 장미꽃을 꽂아두고, 기분 좋게 저녁 식사를 준비한다. 삼겹살을 굽고, 달걀찜을 한다. 수박을 먹기 좋게 자르고, 맥주와 함께 저녁상을 차린다. 다 먹고 나서 남편이 만족스럽게 배를 두드린다. 오늘 있었던 일을 재잘거리며, 하루를 위로받는다. 그의 리액션은 꾸준히 발전하고 있다. 더할 나위 없이 평온한 저녁이다. 그런데 그의 표정이 사뭇 진지해졌다.

"못 참겠어."

"응? 뭘?"

"못 참겠다고."

그의 자세가 왠지 모르게 불편해 보인다. 작은 엉덩이를 들썩거리는 걸 보고 넘겨짚는다.

"방귀? 그냥 뀌어. 괜찮아."

결혼하고 한 달쯤 되었을 때, 그가 자다가 방귀를 뀌었다. 아침에 일어나서 또 한 번 뀌었다. 당황한 남편이 나를 쳐다보며 소처럼 눈을 끔뻑거렸다. 크고 영롱한 소리에 스스로 놀란 눈치였다. 나도 모르게 피식, 웃음이 나왔다. 우리는 박장대소하며 자연스럽게 방귀를 텄다.

"실망할 텐데…."

"냄새가 심각할 것 같아? 실망 안 할 테니까 그냥 뀌어."

머뭇거리던 남편이 옷장을 열었다. 그는 방귀를 뀔 때 거실로 나가거나, 옷장 안에 엉덩이를 쏙 들이밀고 뀐다. 오늘따라 준비 자세가 거창했다. 얼마나 독할 것 같길래 이렇게까지 뜸을 들이나 싶었다. 옷장 뒤로 숨었던 그가 예상을 깨고 작은 쇼핑백을 건넸다.

"곧 자기 생일이라 선물을 샀는데, 입이 근질거려서 못 참겠어. 오늘 줄래."

상자 안에는 작고 반짝이는 귀걸이가 들어 있었다. 그가 못 참은 건 방귀가 아니었다. 낭만적인 순간을 원초적인 순간으로 오해하고 말았다.

"장미꽃에 귀걸이까지…. 이번 달 용돈 부족한 거 아냐?"

"걱정하지 마. 3개월 할부로 샀어."

그가 호기롭게 말했다. 이벤트에는 젬병이지만, 진정성이 느껴졌다. 서투르지만 귀엽다.

남편의 털

남편은 자세히 보아야 미남이다. 나는 남편을 '비밀 미남'이라고 부른다. 남편을 비밀 미남으로 만드는 요인 중 하나는 '털'이다. 머리카락부터 시작해서 눈썹, 코털, 수염, 다리털까지 다양한 부위의 털이 관리되지 않은 채 방치되어 있다.

결혼하고 나서 그의 털 관리에 집중했다. 덥수룩한 머리숱은 단골 디자이너 쌤에게 의뢰해서 해결했다. 눈에 띠는 새치는 틈틈이 뽑아주었다. 많게는 하루에 스무 개까지 뽑았다. 다음은 눈썹과 구레나룻에 손을 댔다. 미용 칼로 눈썹 라인을 정돈하니 눈매가 또렷해 보였다. 구레나룻의 지저분한 부위는 미용 가위로 다듬었다. 삐져나온 코털을 해결하기 위해 독일산 전동 코털 제거기를 구매했다. 얼굴의 털을 전체적으로 걷어내니 이목구비가 또렷해 보였다. 하지만 아직 뭔가 부족했다. 풀리지 않는 수수께끼 앞에서 고민에 빠졌다.

평범한 어느 날, 여느 때처럼 밥을 먹고, 베개에 머리를 대고 남편과 나란히 누웠다. 리모컨으로 채널을 이리저리 돌리다가 그마저도 흥미가 떨어져서 남편 쪽으로 돌아누웠다. 그때 내 시선이 남편의 턱에 꽂혔다. 이틀 정도 면도를 하지 않아 턱 주변이 덥수룩했다. 그의 날렵한 턱선을 수염이 덤불처럼 감추고 있었다.

"여보, 수염 한 개만 뽑아도 돼? 진짜 못생기고 굵은 털이 있어."

"알겠어, 하나만 뽑아."

그기 너그립게 허락했다. 조심스럽게 엄지와 검지의 손톱을 이용해 수염을 한 개 뽑았다.

'뽁!'

경쾌한 소리가 귀에 꽂힌다. 포장용 뽁뽁이를 터뜨릴 때

나는 소리처럼 선명했다. 짜릿한 손맛과 깔끔한 사운드에 쾌감을 느꼈다. 갓 뽑은 털을 티슈 위에 올려놓고 한참을 쳐다보았다. 굵은 털이 티슈에 뿌리를 박고 모종처럼 꼿꼿이 서 있다. 물을 주면 자랄 것처럼 생명력이 넘쳤다. 수확의 기쁨과 짜릿한 쾌감을 또 느껴보고 싶었다. 남편을 설득해서 몇 개 더 뽑았다.

"이거 봐봐. 모근이 엄청 굵지? 이러니까 면도를 해도 계속 수염이 나는 거야."

"콩나물 같기도 하고, 쉼표 같기도 하다."

"아니야, 이건 좀 달라. 이건… 음… 마치 정자 같아!"

무심코 내뱉고 보니 확신이 생겼다. 과학책에서 봤던 현미경 사진이 떠올랐다. 묘하게 닮았다.

그날부터 나는 남편의 퇴근을 열렬히 기다렸다. 일단 저녁밥을 잘 먹이고, 그의 비위를 맞춰주었다. 그리고 그가 방심한 틈을 노렸다. 처음에는 남편이 따갑고 아프다며 거부

했다. 그를 어르고 달래며, 하루에 다섯 개씩 규칙적으로 뽑았다. 뽑은 털은 티슈 위에 올려놓고 관찰하는 시간을 가졌다. 피부 표면에 나온 길이보다 두 배 이상 긴 털도 있었다. 겉으로 볼 때는 0.1cm 길이였는데, 뽑고 나니 0.3cm인 털도 있었다.

"이거 봐봐. 왕건이를 뽑았어. 모근이 진짜 굵지? 볼펜 똥 같아."

"으… 징그러워서 못 보겠어. 그런데 희한한 게 뽑을 땐 아픈데 뽑고 나면 시원해."

남편은 털 뽑기에 이중적인 태도를 보였다. 아프다며 싫다고 하면서도, 막상 뽑고 나면 깔끔하다고 좋아했다. 오락가락하는 그의 마음을 다잡기 위해 달콤한 말로 구슬렀다. 6개월이면 얼굴 털이 사라질 거고, 그러면 면도를 하지 않아도 된다고 유혹했다. 남편이 솔깃해했다.

남편을 미남으로 만들기 위해 시작한 털 관리 프로젝트는 어느새 나의 취미가 되었다. 나는 털을 덜 아프게 뽑는 방법을 연구했다. 왼손으로 해당 부위를 꼬집듯이 두껍게 잡고, 오른손 엄지와 검지로 재빨리 뽑으면 확실히 덜 아프다고 했다. 남편의 컨디션이 안 좋은 날은 5개, 기분이 좋은 날은 30개까지 뽑았다. 3개월이 지나자 뚜렷한 성과가 보이기 시작했다.

"면도를 하면 샤프심처럼 검은 점이 남는데, 모근까지 뽑은 데는 깨끗해. 아예 안 나."

남편이 거울을 보며 만족감을 표현했다. 하지만 아직 부족했다. 남편이 허락한 구레나룻 주변과 턱수염 외에 히틀러 존과 염소 존이 탐났다. 남편의 얼굴을 빤히 쳐다보자 남편이 손으로 입을 가렸다.

"쳐다보지 마. 여긴 진짜 안 돼. 너무 아파."

"한 개만 뽑아보면 안 될까? 한 개만!"

며칠간의 실랑이 끝에 남편이 마지못해 얼굴을 내어주었다. 마음이 바뀌기 전에 재빨리 털 하나를 잡아챘다. 손맛이 짜릿하다. 턱수염이 실내 낚시터라면 콧수염 존은 바다낚시다. 피라미만 잡다가 대어를 낚는 기분이다. 갓 잡은 털을 티슈 위에 올려놓고 연구한다.

"이건 정말 최고다. 아주 굵고 길어. 자기는 정말 복 받은 남자야. 집에서 무료로 왁싱을 해주잖아. 공짜라고, 공짜!"

나에게 세뇌당한 남편은 히틀러 존과 염소 존도 내어주었다. 하지만 이전과는 다르게 강렬하게 저항했다. 가까이 오면 면도할 거라는 협박성 멘트를 날리기도 했다. 대치 상태에서 좀처럼 진전이 없었다. 기껏해야 하루에 3개까지만 허락해주었다. 답답함을 느낀 나는 남편에게 거부할 수 없는 제안을 했다.

"나한테 1분 무제한권을 줄래? 내가 빨리 뽑을게. 대신 오늘은 맥주 무제한!"

매일 저녁 맥주 한 캔을 마시는 남편에게 금주령을 내린 때였다. 의사결정이 단순한 남편은 맥주의 유혹을 이기지 못하고, 나의 거래를 받아들였다. 남편이 휴대전화로 타이머를 맞추는 동안, 뚜둑 소리가 나도록 손가락을 꼼꼼하게 풀었다. 내게 주어진 60초를 허투루 쓸 수는 없었다. 나는 놀라운 집중력을 보였고, 한 번의 헛손질도 없이 1분을 만끽했다. 청정구역이었던 히틀러 존에서 30개의 대어를 포획하는 성과를 보였다. 갓 뽑은 털들을 티슈 위에 올려놓고 만선의 기쁨을 누렸다. 활짝 웃는 나와 달리 남편의 눈에는 눈물이 그렁그렁했다. 마음이 아프지만 어쩔 수 없다. 미남이 되려면 작은 고통쯤은 이겨내야 한다.

그날을 마지막으로, 나는 더 이상 손톱을 사용하지 않는다. 털 관리 작업이 끝난 것은 아니다. 도구를 사용하는 호모 사피엔스로 진화했을 뿐이다. 그동안은 작업을 위해 내 손톱도 관리해야 했다. 손톱이 너무 짧으면 수염이 안 잡히고, 너무 길면 손톱에 힘이 들어가지 않았다. 지금은 미용 족집게를 사용한다. 손맛은 덜하지만 쉽고 빠르다.

털 관리 프로젝트는 현재 진행형이다. 나의 지속적인 애정과 관심으로 남편은 소년이 되어가고 있다.

첫 번째 부부싸움

결혼하고 6개월에 접어들 무렵, 첫 번째 부부싸움을 했다. 시작은 신혼집의 수도관 공사였다. 부엌에서 요리할 때 물이 졸졸 나오고, 수질도 좋지 않아서 교체가 필요했다. 보조금을 받기 위해 상하수도공사에 연락해서 공사 승인을 받았다. 세 군데의 시공업체에서 견적을 받은 후 업체를 선정했다. 공사 날짜를 잡고, 휴가를 냈다. 공사가 끝난 후에 서류를 작성하고 등기를 발송하기까지 꼬박 3주가 걸렸다. 이 시기에 남편은 야근이 잦아서 공사와 관련된 일은 자연스럽게 내 차지가 되었다. 내게는 적지 않은 스트레스였는데, 남편은 별다른 관심을 보이지 않았다.

수도관 공사가 끝나고, 남편은 꼼으로 워크숍을 갔다. 호텔에서 밀린 잠을 자고 오겠다며, 해맑게 웃으며 떠났다. 워크숍 기간 동안 그는 하루에 한두 번 연락했다. 서운함과 불안감이 쌓이기 시작했다. 예전 회사의 사이판 워크숍과 관련된 기억이 툭 튀어나왔다. 공식적으로 허락된 외박에 유부남들은 들떠 있었다. 여직원들과 가벼운 터치를 하고, 아슬아슬한 농담을 주고받았다. 눈이 풀린 그들의 얼굴과 남편의 얼굴이 겹쳐졌다. 나는 회사에서의 그를 알지 못한다.

일요일 밤, 남편이 덥수룩하게 자란 수염과 함께 돌아왔다. 캐리어에서 마카다미아 초콜릿 한 상자를 꺼내 내밀고는 그대로 쓰러져서 잠이 들었다. 워크숍을 다녀온 후로 남편은 더 바빠졌다. 아침 7시에 집을 나서고, 저녁 늦게 퇴근했다. 그와 제대로 대화한 지 열흘이 넘어가고 있었다.

목요일이 되었고, 그날도 야근한다는 남편의 말에 짜증이 났다. 야근도, 회식도, 워크숍도 회사 사람들과 함께다. 저녁 9시가 넘어도 연락이 없었다. 망설이다가 통화 버튼을 눌렀다. 휴대전화 너머로 깔깔거리는 여자의 목소리가 들렸다. 머리카락이 쭈뼛 서고, 신경이 바늘처럼 예민해졌다. 떠올리고 싶지 않은 기억이 순간적으로 나를 지배했다.

예전 회사에서 우리 팀은 술자리가 잦았다. 퇴근 시간이 되면 여직원 한 명이 팀장에게 술을 사달라고 졸랐다. 망설이는 팀장에게 여직원은 스스럼없이 팔짱을 꼈다. 팀장도 싫지 않은 표정이었다. 어느 순간부터 팀 회식은 팀장과 그 여직원을 위한 술자리로 변질되었다. 술에 취한 여직원은 팀장에게 팝콘을 먹여주었고, 팀장은 하겐다즈 아이스크림을 사다 주었다. 집이 반대 방향임에도 둘은 택시를 같이 타고 갔다. 팀장은 주말부부였고, 여직원의 남편은 파견 근무가 잦았다. 잊고 싶은 기억인데, 하필이면 지금 떠오른 것이다.

"어디야?"

"팀원들하고 퇴근하는 길이야. 금방 갈게."

금방 온다는 말에 안심이 되면서도 한편으로는 의심이 들었다. 남편은 팀장이고, 팀에는 젊은 여직원이 많다. 그동안 섭섭했던 일들이 일제히 달려들었다. 그가 잘못했던 일들이 하나씩 떠올랐다.

그가 안방으로 들어와 누워 있는 내 어깨를 두어 번 흔들었지만, 나는 꼼짝도 하지 않았다. 대화를 시도하던 남편이 작게 한숨을 쉬었다. 나는 입을 꾹 다물고 벽을 노려보았다.

뒤척이다가 아침 일찍 잠에서 깼다. 분노는 나를 부지런하게 만들었다. 요가 매트를 들고 작은 방으로 갔다.

"나, 다녀올게."

남편이 요가 매트 옆에 쪼그리고 앉아서 말했다. 엎드린 자세에서 눈을 감은 채로 그를 외면했다. 현관문이 닫히는 소리가 들렸다. "잘 다녀와." 이 한마디가 어려웠다. 남편이 내 마음을 모른 채 이 상황이 어영부영 지나가는 게 싫었다. 아직 화가 났다는 티를 내고 싶어 카톡을 보냈다.

> 내일 쏘카 예약한 거 취소해.

> 왜 그래, 가서 기분 전환하고 화해하자.

> 아니, 그럴 기분 아니야.

> 반성하고 있어. 그동안 일 핑계로 너무 무심했어.

> 그냥 지금은 아무것도 하고 싶지 않아서 그래.

> 알았어. 예약 취소할게.

남편은 더이상 나를 설득하지 않고, 렌터카 예약을 취소했다. 그런 그에게 더욱 화가 났다. 금요일에는 내가 늦었다. 지하철에서 내리니 밤 11시였다.

> 올 때 연락해줘. 마중 나갈게.

남편이 문자메시지를 보냈다. 사당역까지 마중 나오라고 하면 부부싸움이 끝난다. 하지만 나는 남편에게 연락하지 않고, 어두운 골목길을 혼자 걸어갔다. 현관문 앞에서 심호흡을 했다. 문이 열리는 소리에 남편이 안방에서 나왔다. 눈을 마주치지 않고 화장실로 직진했다. 씻고 나와서 작은방의 빨래 건조대에 널려 있는 속옷과 잠옷을 대충 끼워 입었다. 불을 끄고 누워서 남편의 인기척을 기다렸다. 조용했다.

잠을 청해보았지만, 이상하리만치 잠이 오지 않았다. 자다 깨면 고작 10분이 지나 있었다. 10분이 1시간 같았다. 뜬눈으로 아침을 맞았다.

오전 6시, 적진으로 들어가 주섬주섬 옷을 꺼내 입었다. 남편은 세상모르고 자고 있다. 현관문을 닫고 나갈 때까지 기척이 없다. 혼자서 관악산을 올랐다. 오늘따라 날씨가 좋다. 새가 지저귀고, 나뭇잎이 싱그럽다. 모든 것이 평온하지만 하나도 즐겁지 않았다. 등산을 마치고 집으로 돌아왔다. 쌔근거리며 꿀잠을 자고 있는 그의 모습에 화가 났다. 그의 마음에 돌을 던지고 싶었다.

"우리 당분간 각방 쓸까?"

"왜 그래, 미안해. 내가 잘못했어."

잠이 덜 깬 남편이 일어나며 자동반사적으로 사과했다.

"당신의 무심함에 너무 지치네. 회사에서는 바쁘다고 연락 안 하고, 워크숍 가서는 노느라 연락 안 하고. 내가 하는 말은 귀담아듣지도 않고. 나에 대한 배려가 너무 없는 것 같아."

"바꿀게. 내가 뭘 할 수 있을지 생각해볼게."

"아니, 당신은 달라지지 않을 거야."

남편에게 쏘아붙이고 현관을 나섰다. 토요일 오전 8시, 갈 곳이 마땅치 않았다. 영화관으로 향했다. 시간이 맞는 영화를 예매했는데, 마침 슬픈 영화라 울기에 적당했다. 여주인공이 울 때마다 따라 울었다. 옆에 앉은 사람이 나를 힐끔거렸다.

영화가 끝났지만 아직 오전 11시다. 어디로 가야 할지 모르겠다. 친정으로 갈까 잠시 고민했지만, 그러면 일이 커진다. 아침거리를 사서 집으로 돌아갔다. 분노의 외출이 싱겁게 끝났다. 반갑게 맞이하는 남편을 모른 척하고 주방으로 들어갔다. 샌드위치와 사과를 두 개의 쟁반에 나눠 담았다. 하나는 식탁 위에 올려두고, 다른 하나를 들고 거실에 자리를 잡았다. 그의 눈에 띄고 싶은 얄팍한 마음이었다. 남편이 안방에서 나왔다.

"쟁반 들고 안방으로 와. 나랑 같이 먹자, 응?"

마지못한 척 같이 들어가면 되는데, 생각과 달리 몸이 움직이지 않았다. 나는 쓸데없는 자존심이 강하다. 재미없는

TV 화면에 시선을 고정했다. 남편이 안방에 들어가더니 쭈뼛거리며 종이 한 장을 가지고 나왔다. 놀랍게도 그의 손에 들린 건 반성문이었다.

"자기 없는 동안 생각을 좀 해봤어. 내 각오를 몇 자 적었는데, 그대로 읽을게."

하나, 가족을 먼저 생각하고, 가족 중심으로 살겠습니다.

둘, 아무리 바빠도 연락을 자주 하겠습니다.

셋, 늦게 들어오더라도 피곤한 기색을 보이시 않겠습니다.

넷, 평일에 못한 활동(요리, 드라이브, 운동 등)은 주말에 하겠습니다.

다섯, 결혼 후 바쁘다는 핑계로 자기의 서러움을 알지 못했습니다. 아끼며 사랑하겠습니다.

'자기'라는 단어에 마음이 풀렸다. 킬링 파트다. 쟁반을 든 그를 따라 안방으로 들어갔다. 우유와 샌드위치를 말없이 나눠 먹었다.

일요일에는 취소했던 드라이브를 갔다. 포천에 가서 이동 갈비를 먹고, 산정호수를 걸었다. 슬며시 손을 잡는 그가 밉지 않았다. 볕 좋은 카페에서 책을 읽으며, 따로 또 같이 시간을 보냈다. 저녁에는 집에서 치킨에 맥주를 마셨다. 주말 예능을 보다가 같은 장면에서 웃음이 터졌다.

어느새 잘 시간이다. 씻고, 나란히 누웠다. 그가 내 손을 가져다 자기 배 위에 올려놓았다. 배를 토닥여주니 남편이 코를 골고 잠이 들었다. 모든 것이 제자리다.

시어머니와 함께한 호주 출장 I

나는 외식 프랜차이즈 회사의 본부장이었다. 초고속 승진의 비결은 간단했다. 오빠가 대표인 회사에 입사했기 때문이다. 강남역에 1호점을 낸 오빠의 매장은 대박이 났고, 가맹점이 빠르게 늘어나며 프랜차이즈 기업이 되었다. 홍대, 명동, 잠실새내 등 서울 주요 상권에 입점했다.

브랜드의 성장은 여기서 그치지 않았다. 투자를 받아 방콕 시암 스퀘어에 해외 1호점을 냈다. 서울과 방콕에서 브랜드의 인지도가 쌓이자 싱가포르에서 연락이 왔다. 그다음은 말레이시아, 인도네시아 순이었다. 동남아 4개국과 계약을 체결하자, 상하이와 LA에서도 접촉이 들어왔다. 나는 즐거운 비명을 질렀다. 캐리어를 끌고 세계 각국으로 출장을 다니는 상상을 했다. 사무실 벽에 세계지도를 붙이고, 계약을 체결한 나라에는 빨간색 압정을 꽂았다.

마지막으로 연락이 온 나라는 호주였다. 서울에서 미팅을 하고, 가맹점 투어를 했다. 일주일 만에 호주 파트너와 마스터 프랜차이즈 계약을 체결했다. 계약 성사까지는 속전속결이었지만, 매장 오픈일은 차일피일 연기되었다. 입점할 쇼핑몰을 고르는 데 꼬박 2년이 걸렸다. 기다림 끝에 매장 오픈일이 8월로 확정되었다. 긴 출장이 될 것 같다고 하자 남편이 동행하고 싶다고 했다. 같이 가면 든든하고 좋을 것 같았다. 결혼하고 처음 맞는 여름 휴가이기도 했다.

호주 출장에는 일행이 한 명 더 있었다. 매장 오픈바이저인 엄마다. 신메뉴 개발에 간간이 참여하던 엄마는 우리 회사의 조리바이저가 되었다. 한국에서 진행된 호주 파트너의 주방 교육도 엄마가 담당했다. 엄마는 이번 출장의 핵심 인력이었다. 그런데 마음에 걸리는 게 한 가지 있었다. 결혼하고 처음 맞는 시어머니의 생신이 출장 기간과 겹쳤다. 매도 빨리 맞는 게 낫겠다는 생각에, 출장 한 달 전 미리 양해를 구했다.

"어머님, 저희가 2주 일정으로 호주 출장을 가요. 그래서 어머님 생신에는 찾아뵙기 어려울 것 같아요. 한 주 일찍 대전에 내려갈 테니 시간 비워두세요."

공손한 목소리에 죄송한 마음을 담았다. 그런데 다음 날 저녁, 밤 10시가 넘은 시간에 시어머니로부터 전화가 왔다. 이 시간에 연락하신 건 처음이었다.

"아버지가 자꾸 물어보라고 하는데…. 나는 입이 안 떨어지네. 나도 따라갔다 오라는데…."

생각지도 못한 시어머니의 말씀에 남편과 나는 당황했다. 몇 초간의 정적이 흘렀다. 아무 말이 없는 남편을 대신해서 내가 대답했다.

"어머님도 같이 가실래요? 저희 엄마랑 같이 주무셔야 하는데 안 불편하시겠어요?"

"잠이야 누우면 오는 거지. 나는 어디서든 잘 잔다."

옆에서 듣고 계시던 시아버지가 전화를 바꾸셨다.

"호주로 출장 간다면서 어째 너희 시어머니한테 같이 가자는 얘기가 없냐? 비행깃값 보내줄 테니까 같이 갔다 와라."

　명령에 가까운 제안이었다. 전화를 끊고 말없이 생각에 잠겼다. 결혼 1년 차 며느리에게는 시부모님의 말씀을 거절할 용기가 없었다. 남편의 생각이 궁금했지만, 그는 속내를 잘 드러내지 않았다. 어쩌면 그는 효도할 수 있는 좋은 기회라고 생각할지도 몰랐다.

　출장 날짜가 다가올수록 부담감이 커졌다. 나에게 호주는 출장이지만, 시어머니에게는 해외여행이다. 시어머니는 40년 만에 여권을 새로 만드셨다. 신혼여행 후로 첫 해외여행이라고 하셨다. 아들과 호주에 갈 생각에 들뜨셨는지 전화가 자주 왔다. 그럴수록 내 고민은 깊어졌다. 11박 12일간 한 집에서 네 명이 생활해야 한다. 화장실도 나눠 써야 하고, 엄마와 시어머니는 한 방을 써야 한다. 두 분이 마음 상하는 일이 생길지도 모른다. 시어머니의 생신을 챙길 일도 걱정이다. 면세점에서 선물을 사 드리고, 여행 경비도 드리기에는 부담이 크다. 나의 걱정을 비웃기라도 하듯 출발 날짜는 성실하게 다가왔다.

호주로 출발하는 날, 오후에 오신다던 시어머니가 1시간 뒤에 도착한다고 연락이 왔다. 마음이 급해졌다. 어제 야근을 해서 집을 못 치웠다. 샤워를 마치고 머리를 말리고 있을 때 시어머니가 오셨다. 시어머니를 거실에 앉혀두고 분주하게 오가며 짐을 쌌다. 서랍 곳곳에서 옷을 꺼내며 종종걸음을 치다 보니 오후 1시다. 남편이 오전 근무를 마치고 집에 왔다. 셋이서 캐리어를 끌고 공항버스 정류장으로 한 줄로 이동했다.

시어머니의 수다가 시작되었다. 시어머니는 좋은 분이지만 투 머치 토커다. 생각나는 것은 무엇이든 말씀하신다. 의식의 흐름 기법이다. 끊임없이 맞장구를 치는 나와 달리, 남편은 휴대전화를 보며 다른 세계에 있었다. 남편은 일행이 아닌 것처럼 행동했다. 엄마가 탄 공항버스가 도착하고, 마침내 호주 멤버 네 명이 모였다.

밤 비행기를 타고 잠든 사이에 우리는 시드니에 가까워졌다. 안개꽃 같은 구름 사이로 장미처럼 해가 떠올랐다. 일출 명소가 따로 없다. 우리 모두 "와~" 하고 감탄했다. 공항에서 우버를 타고, 에어비앤비 숙소로 갔다. 시드니 시내의 아파트다. 간단히 짐을 풀고, 대형마트에 가서 장을 봤다. 호주 소고기는 값싸고 질이 좋기로 유명하다. 돈 걱정하지 않고 소고기를 넉넉히 샀다. 주류 판매점에도 들렀다. 남편이 맥주를 고르는 동안, 나는 와인 코너로 가서 모스카토를 골랐다. 와인을 들고 계산대로 온 나를 지켜보던 시어머니가 말씀하셨다.

"맥주면 됐지, 와인은 왜 사니?"

"제가 마시고 싶어서요."

시어머니에게 맥주는 생필품이고, 와인은 사치품으로 보이는 걸까? 내 취향을 존중받고 싶어 와인병을 소중히 감싸 안았다.

숙소에 돌아와서 낮잠을 자다가 미역국 냄새에 잠에서 깼다. 오늘은 시어머니의 생신이다. 남편과 자는 사이에 엄마가 사돈의 미역국을 끓여 냈다. 엄마가 있어서 든든하다. 오후에는 미리 신청해둔 시드니 야경 투어에 참여했다. 천문대에 올라서 시드니의 랜드마크인 하버 브리지를 바라보았다. 골목 구석구석을 걸으며 식당과 펍을 구경하고, 유람선을 타고 루나 파크(놀이공원)로 갔다. 그리고 오페라 하우스를 배경으로 가족사진을 찍었다. 시드니는 내 꿈의 도시여서 감회가 새로웠다. 워킹 홀리데이로 오고 싶어서 비자 발급 방법까지 알아두었지만, 서른 살이 될 때까지 용기를 내지 못했다. 미련이 남은 도시였는데, 출장으로 오게 되어 금의환향한 기분이었다.

숙소로 와서 시어머니의 생신 파티를 했다. 미역국을 데우고, 소고기를 굽고, 건지 레인지에 햇반을 데웠다. 음료는 시어머니가 가져온 팩 소주, 남편이 고른 맥주, 그리고 내가 산 와인이다.

"어머니, 생신 축하드려요! 잊지 못할 생신이 되시겠어요."

시어머니가 소녀처럼 웃으셨다. 모스카토 와인이 맛있다며 두 잔, 세 잔을 드셨다.

'거봐요, 어머님. 제가 고를 땐 다 이유가 있다니까요.'

나는 남편을 보며 어깨를 으쓱했다.

시어머니와 함께한 호주 출장 II

이번 출장의 목적지는 멜버른이고, 시드니는 경유지다. 시드니에서는 관광 일정이 전부다. 도착한 다음 날, 야생 돌고래를 보러 가기로 했다. 2시간을 넘게 달려 넬슨 베이에 도착했다. 먼바다로 나가자 야생 돌고래 한 마리가 나타났다. 곧이어 돌고래 떼가 나타났다. 일렬로 줄지어서 원을 그리며 뛰어올랐다. 장관이다. 갑판 위에서 사람들이 환호했다.

"작년에 둘이 유럽 갔을 때보다 우리랑 온 게 더 좋지?"

시어머니가 질문을 툭 던지셨다. 원하는 대답을 들려드리면 다음에도 따라오시겠다고 할까 봐 주저되었다.

나는 용기 내어 "그래도 둘이 다니는 게 편하죠"라고 소신 발언을 했다. 남편은 언제나 그렇듯 말이 없었다. 시어머니와의 대화가 조금씩 불편해지고 있었다.

다음 날은 블루 마운틴으로 갔다. 짜릿한 역주행 케이블카를 타고, 로라 마을에서 점심을 먹고, 야생 동물원에서 캥거루와 코알라의 실물을 영접했다. 귀엽고 신기해서 한참을 쳐다보았다. 두 어머니는 한국인 가이드를 열심히 따라다니셨다. 이때다 싶어 남편과 둘이 뒤로 빠졌다. 한숨 돌리고 싶었다.

시어머니의 토크 본능은 엄마를 말동무로 붙여놓으면 상쇄될 거라고 생각했다. 하지만 엄마도 한계를 느꼈는지, 거리를 두려고 하셨다. 그러자 시어머니가 남편을 찾았다. 남편은 대화 상대로 재미없는 타입이다. 단답형으로 대답하고, 대체로 말이 없다. 다시 내 차례. 시어머니는 추상적이고 애매한 단어, 대명사를 자주 사용하신다. 뜻을 이해하기 어려울 때도 있다. 했던 얘기를 몇 번이고 반복하신다. 나의 리액션은 점점 바닥나고 있었다.

출장 다섯째 날에는 시드니에서 멜버른으로 이동했다. 멜버른의 숙소는 전원주택인데, 치명적인 문제가 있었다. 작은방, 안방, 화장실이 일렬로 붙어 있고, 방음이 전혀 되지 않았다. 거실에서 텔레비전 보는 소리, 엄마의 코 고는 소리, 큰일 볼 때 방귀 뀌는 소리도 선명하게 들렸다. 집에서 보내는 모든 시간을 네 명이 함께하는 기분이었다.

멜버른에서의 둘째 날, 이번 출장의 핵심 인물인 매튜를 만나 매장에 갔다. 3일 뒤면 그랜드 오픈이다. 관광객 모드에서 출장 모드로 전환했다. 엄마와 주방에 들어가서 식재료를 점검했다. 크고 작은 문제들이 있었다. 지리 멸치를 주문했는데 반찬용 멸치가 오고, 미역을 시켰는데 다시마가 왔다. 주방과 홀 직원들 모두 첫 출근이라 우왕좌왕했다. 정신없이 일하다 보니 저녁이 되었다. 시내 관광을 갔던 남편이 시어머니와 매장 앞에서 기다린다고 연락이 왔다. 마음이 급해졌다. 매튜에게 양해를 구하고, 6시쯤 퇴근했다.

오늘은 멜버른 시내의 88층 전망대에서 야경을 보기로 했다. 남편이 매튜가 빌려준 차를 운전했다. 운전석이 한국과는 반대인 데다가, 밤길이라 그런지 남편은 긴장돼 보였다. 결국 교차로에서 문제가 생겼다. 우회전 신호에 남편이 직진을 했다. 우회전을 하던 차가 50cm 앞에서 경적을 울리며 급하게 속도를 줄였다. 조수석에 앉은 나는 상대 운전자와 눈이 마주쳤다. 눈으로 욕하는 소리가 들렸다. 차의 경적이 한참 동안 귓가에 맴돌았다.

"우리 아들, 외국에서 운전해서 힘들지? 괜찮아, 그럴 수 있어."

시어머니가 남편을 감쌌다. 나는 전망대에 도착할 때까지 남편에게 한마디도 하지 못했다. 만약 사고가 났다면 삼중, 사중 추돌이 날 수 있는 위험한 상황이었다. 가장 크게 다칠 사람은 나였고, 사고가 나면 수습해야 하는 사람도 나였다. 우리가 탄 차는 외제차라 사고 처리 비용도 만만치 않을 터였다.

다음 날도 엄마와 매장으로 출근했다. 매장 오픈 하루 전이라 바빴다. 엄마가 주방 교육을 하고, 나는 통역을 했다. 파트너들과 틈틈이 질의응답을 했다. 바쁜 와중에도 멸치볶음, 어묵, 숙주나물 등의 반찬을 챙겼다. 남편과 시어머니의 저녁거리다. 퇴근길에 소고기와 양고기를 사서 숙소로 갔다.

"내일모레 매장에 식사하러 오세요."

"아니다. 거기 비싸다면서…. 우리는 집에서 먹으면 된
다."

시어머니가 나의 제안을 단번에 거절하셨다. 시어머니가
알뜰한 건 알고 있다. 하지만 여기는 호주고, 우리는 매장 오
픈을 위해 출장을 왔다. 며느리의 일에 대해 궁금하실 거라
고 생각했는데, 내가 틀렸다. 서운한 마음이 커지고 있었다.
나는 출장 중이었지만, 시어머니는 아들과 여행 중이었다.

출장 여덟째 날, 멜버른 매장을 오픈하는 날이다. 긴장한
마음으로 출근을 서둘렀다. 그런데 출근길에 엄마가 들려준
얘기에 하루가 심란해졌다. 지난밤, 저녁 식사를 마치고 남
편이 노트북으로 어머니들에게 한국 드라마를 보여드렸다.
두 분은 거실에서 드라마를 보시고, 남편과 나는 방 침대에
누웠다가 그대로 잠이 들었다. 자다 깨서 거실에 나가니 시
어머니 혼자서 드라마를 보고 계셨다.

"우리 아들이 꺼줘야 하는데…."

"그이 자요. 다 보면 노트북 상판을 닫으시면 돼요."

내 대답에 시어머니는 알 수 없는 표정을 지으셨다. 문제는 그다음이었다. 남편이 잠들기 전에 미리 붙여놓았던 코팩을 조심스럽게 떼는데 남편이 눈을 떴다.

"자기야, 이거 봐봐. 자기 코에서 나온 피지야."

나는 남편을 놀렸고, 우리는 같이 웃었다. 방음이 취약한 숙소 때문에 두 분이 우리의 웃는 소리를 들었다고 했다.

"며느리가 거짓말을 했네요."

작은 오해가 시작되었다. 시어머니의 말에 엄마는 상처받았고, 상처받은 엄마 때문에 나는 두 배로 상처받았다. 시어머니 생각에 일에 온전히 집중할 수가 없었다. 어쩌다가 출장이 효도 관광이 되었을까? 일도, 관광도 제대로 할 수 없었다. 저녁 시간이 다가올수록 발걸음이 떨어지지 않았다. 매장에서 퇴근하면 며느리로 출근하는 기분이었다.

출장 아홉째 날, 시어머니가 심심하다며 출근길에 따라나섰다. 네 명이 탄 차가 쇼핑몰 주차장에 들어섰다. 그런데 남편의 운전이 이상했다. 기둥이 바로 앞에 있는데 핸들을 오른쪽으로 꺾었다. 차체가 닿을 만큼 가까운 거리였다. 오른

쪽 운전석에 적응하지 못한 탓이었다. 결국 남편이 사고를 냈다. 쿵 하고 차의 왼쪽 범퍼가 부딪쳤다. 놀란 남편은 후진을 했고, 날카롭게 긁히는 소리가 났다. 차에서 내려 앞 범퍼를 살폈다. 긁힌 부위가 넓어 견적이 꽤 나올 것 같았다. 도색으로 끝날지, 앞 범퍼를 교체해야 할지 알 수 없었다. 마음이 심란했다.

매장에 들어서자 새로운 이슈가 쏟아졌다. 여기저기서 엄마와 나를 찾았다. 주방 직원들의 질문에 대답해주고, 홀 문제를 확인하느라 정신이 쏙 빠졌다. 주문 시스템에 오류가 생겨서 홀에서 넣은 주문서가 30분 뒤에 주방에 들어왔다. 1시간을 기다리던 손님이 화를 내고 나갔다. 주인을 잃은 음식이 싱크대 위에 쌓여갔다. 모두가 예민해져 있었다. 아침 9시에 출근해서 저녁 9시에 퇴근했다. 온종일 서 있었더니 허리가 아팠다. 게다가 엄마는 팔뚝에 화상을 입었다. 엄마는 괜찮다고 했지만 마음이 좋지 않았다.

서울로 돌아가려면 아직도 3일이 남았다.

시어머니와 함께한 호주 출장 III

멜버른에서의 토요일은 새벽부터 분주했다. 그레이트 오션 로드에 가기로 한 날이다. 그레이트 오션 로드는 빅토리아주 토키에서 워냄불까지의 해안 도로다. 12사도 상과 런던 브리지 바위 등으로 유명하고, 죽기 전에 꼭 가봐야 할 관광지 중 하나다. 남편이 부른 택시가 5분 뒤에 도착한다는 알림이 떴다. 서둘러 나갈 준비를 하는데, 방문 앞에 두었던 간식 가방이 보이지 않았다.

"혹시 저희 간식 가방 못 보셨어요?"

"응, 그거 내가 챙겼다. 내 것도 좀 넣었어."

시어머니가 말씀하셨다.

"저희 건 저희가 챙길게요. 어머니 두 분이 나란히 앉으시니까 같이 챙기세요."

그러자 시어머니의 표정이 굳어지며, 넣은 것들을 다시 꺼내면서 말씀하셨다.

"아침부터 서러워서 살겠나. 내 짐은 오갈 데가 없네."

서럽다는 시어머니의 말에 가슴이 저릿하며, 몸이 뻣뻣해졌다. 자기 짐은 각자 챙기자는 말이 그렇게 서운하신 걸까? 출장 내내 엄마와 나는 시어머니의 기분을 살폈다. 반면, 시어머니와 남편은 편해 보였다. 시어머니와 남편이 눈치가 없어서 그런 걸 수도 있고, 엄마와 내가 심하게 눈치를 본 걸 수도 있다. 엄마가 신경 썼던 건 시댁에서의 내 평판이다. 아홉을 잘해도 하나를 못하면 그게 흉이 되는 거라고 했다. 그런데 막상 시어머니의 입에서 '설움'이라는 단어가 흘러나오자 그동안의 노력이 물거품이 되는 기분이었다.

시어머니는 심기가 불편해 보였고, 나는 그런 시어머니의 눈치를 봐야 했다. 그런데 문득 이 상황이 의아했다. 시어머니의 서운함은 며느리가 풀어드려야 하는 것일까? 남편은 왜 뒤로 물러나 있는 것일까? 호주에서의 남편은 서울에 있을 때와 달랐다. 그는 세 명의 여자 사이에서 길을 잃었다. 남편, 아들, 사위로서의 역할 갈등에 혼란스러워했다. 남편은 며칠 전부터 집에 가고 싶다고 했다. 나도 그랬다.

12사도 상이 있는 곳에 도착하자, 가이드가 헬기 투어 신청자를 받았다. 모험을 좋아하는 엄마는 빨리 타자고 했고, 시어머니는 비싸다며 버스 안에 남겠다고 했다. 남편이 시어머니를 설득해서 다 같이 헬기에 탔다. 어머니들이 앞자리에 앉고, 남편과 나는 뒷좌석에 앉았다. 계속해서 시어머니가 신경 쓰였다. 시어머니의 파마머리만 봐도 가슴이 철렁했다. 경치를 봐야 하는데 눈치가 보였다. 최고의 절경을 즐기지 못했다.

마지막 관광지에서 결국 문제가 생겼다. 바다로 가는 세 갈림길 앞에서 엄마는 다리가 아프다며 멈춰 섰다. 시어머니는 머뭇거리다가 엄마와 함께 남았다. 엄마가 나에게 윙크를 했다. 내 기분을 눈치챈 엄마가 둘이서 다녀오라고 배려해준 것이다. 남편과 손을 잡고 계단을 내려갔다. 폭포 앞에서 사진을 찍으려는데, 남편 뒤로 시어머니가 걸어오셨다. 기어이 따라오신 것이다. 나도 모르게 표정이 굳어졌다.
남편을 두고 삼각관계에 빠진 기분이었다. 나는 그때부터
묵묵히 걷기 시작했다. 남편과 시어머니를 뒤로하고 잰걸음
으로 걸었고, 남편이 서둘러 뒤쫓아왔다.

"왜 혼자 가? 같이 가자."

"어머님 챙겨드려. 난 혼자 걷고 싶어."

시어머니와 말을 섞으면 눈물이 왈칵 쏟아질 것 같았다.
그때 마침 두 번째 갈림길에서 내려오던 엄마와 마주쳤다.

"너 왜 혼자 오니?"

눈치 빠른 엄마가 이상한 분위기를 감지했다. 결국 우리
넷은 서로의 불편한 감정을 알아버렸다. 넷 모두 따로 걸었
다. 돈 쓰고 마음 상하는 게 가족 여행이라던 친구들의 말이
맞았다. 시내로 돌아오는 버스에서 남편과 한마디도 섞지
않았다. 그레이트 오션 로드는 최악의 투어가 되었다.

우리의 어긋난 마음과는 관계없이 시간은 흘렀고, 멜버른
에서의 마지막 날이 되었다. 엄마와 나는 매장에서 근무하
고, 남편은 시어머니와 시내 관광을 한 후 공항에서 만나기

로 했다. 매장에 일찍 출근해서 주방 재료 준비를 도왔다. 버섯을 다듬고, 오징어를 자르는 단순한 작업을 하며 정신수양을 했다.

첫 손님이 들어오고 얼마 지나지 않아 남편과 시어머니가 매장으로 들어왔다. 의외였다. 음식을 다 내오고 나서 남편 옆에 앉았다. 셋이서 마주한 식탁이 어색했다. 시어머니의 분위기가 미묘하게 달라졌다. 내 기분을 살피시는 것 같았다. 갈비찜을 한 점 드시더니 칭찬을 하셨다.

"아주 맛있구나. 며느리가 여기까지 와서 고생이 많네."

여행 중 처음으로 들은 칭찬이었다. 남편이 시어머니에게 귀띔을 한 것 같았다. 마음이 한결 가벼워졌다. 식사를 마치고 시어머니가 계산대로 가셨다. 시어머니의 지갑이 빨간색이라는 걸 처음 알게 되었다.

점심 장사가 끝나고, 매튜가 다가왔다. 호주에서의 매튜는 늘 바쁘고, 화가 나 있었다. 출장 기간 중에 못 챙겨줘서 미안했는지 점심을 먹자고 했다. 멜버른에서 함께하는 처음이자 마지막 식사였다.

매튜의 요청으로 매장 앞에서 엄마의 독사진을 찍었다. 한국의 유명한 보쌈 할머니, 설렁탕 할머니처럼 엄마는 호주에서 갈비찜 마마로 유명해질지도 모른다. 매튜는 내년 3월에 2호점을 낼 거라고 했다. 그다음에는 시드니, 뉴질랜드에 진출하겠다고 했다. 상상만으로도 기분이 좋아졌다. 1년에 한 달씩 호주와 뉴질랜드에서 휴양을 즐기는 미래의 내 모습을 그려보았다.

매튜의 에스코트로 멜버른 공항에 도착했다. 공항이 작아서 남편과 시어머니를 쉽게 찾을 수 있었다. 우리는 서먹하게 합류했다. 시드니 공항에 도착하니 밤 10시, 공항 근처의 숙소로 이동했다. 숙소는 엘리베이터가 없는 아파트 2층이었다. 남편이 캐리어를 한 계단씩 힘겹게 들어 올렸다. 대충 씻고 침대에 누웠다. 기절한 것처럼 잠이 들었다.

마침내 출장 마지막 날, 남편이 택시를 호출하고 잠시 자리를 비웠다. 시어머니, 엄마와 나란히 캐리어 옆에 멀뚱히 서 있었다. 조용히 계시던 시어머니가 입을 열었다.

"나는 이번 여행이 참 좋았어. 내가 서투르고 잘 몰라서 서운하게 했다면 미안하다. 고생 많았어, 며느리."

예상치 못한 순간에 듣고 싶었던 말을 들었다. 그 말에 서운했던 마음, 힘들었던 마음이 풀렸다. 그 말이 고마워서 자꾸만 되새겼다.

마침내 인천행 비행기가 이륙했다. 발을 동동 구르며 조바심을 내던 일들이 끝나자 긴장이 풀렸다. 남편에게 가벼운 농담을 건넸다.

"내가 아는 여보로 돌아왔네? 다행이다."

남편의 말을 듣고, 내가 얼마나 예민했는지를 깨달았다. 집에 도착하니 밤이다. 남편이 라면을 끓여달라고 했다. 고춧가루와 파, 청양고추를 넣고 라면을 끓였다. 소주도 한 병, 조촐하게 둘만의 뒤풀이를 즐겼다. 술기운에 기분이 좋아진 남편이 벌떡 일어났다. 배를 까디니 캥거루처럼 안방을 콩콩 뛰어다니다가 방구석에 가서 머리를 박고 코알라처럼 자는 척한다. 마지막으로 루나 파크의 못생긴 캐릭터 표정을 따라 했다. 남편을 쳐다보던 나는 어이가 없어서 피식, 웃었다.

솔직히 힘들었다. 하지만 지나고 나니 별거 아닌 것 같다.

어쩌면 이런 게 '마지막 날의 기적'인지도 모른다.

끝이 좋으면 다 좋다더니 정말 그렇다.

제주 그리고 블라디보스토크

두 달간 주말 출근을 했다. 매장에 돌발 상황이 종종 생겼다. 알바가 지각을 하거나 무단결근을 하기도 하고, 손님이 몰려서 감당이 안 될 때도 있었다. 매장에서 연락이 오면 바로 출근해야 했다. 주말에도 대기 근무 상태라 마음 편히 쉬지 못했다. 쌓인 스트레스를 풀기 위해 서울에서 떨어진 곳으로 남편과 여행을 떠나기로 했다.

목적지는 제주다. 매장에서 연락이 와도 달려갈 수 없는 거리다. 여행 준비는 왕복 비행기표 예매와 렌터카, 게스트하우스 예약이 전부다. 금요일 밤, 1시간을 날아서 제주 공항에 도착했다. 렌터카를 타고 월정리를 향해 달렸다. 한적한 해안 도로를 달리니 서서히 긴장이 풀렸다. 돌담으로 둘

러싸인 게스트하우스가 정겹다. 제주의 거센 바람이 창문을 두드린다. 철썩거리는 파도 소리에 마음이 편해졌다.

다음 날은 비가 많이 내렸다. 낮 시간을 빈둥빈둥 보내고, 저녁에는 게스트하우스 파티에 참석했다. 자기소개를 하는데, 맞은편 남자의 얼굴이 눈에 익다. 목소리를 듣는 순간 확신이 생겼다. 유명 예능에 노홍철 닮은 꼴로 나온 배우다. 게다가 그분의 일행은 영화감독 부부다. 남편이 영화감독이고, 아내는 캠핑카 유튜버. 셀럽들과 제주에서 술을 마시다니, 대박 사건이다. 심지어 감독은 본방 사수했던 최애 드라마의 감독이었다. 게스트하우스 파티는 어느새 팬 미팅 현장이 되었다. 시간 가는 줄 모르고 영화와 드라마 얘기를 나눴다.

파티가 끝난 후에도 해변 앞 편의점에서 자리를 이어갔다. 12시가 지날 무렵, 비가 후드득 떨어졌다. 그때 감독 부부가 뜻밖의 제안을 했다.

"캠핑카에서 한잔 더 하실래요?"

고민할 필요가 없는 질문이다. 우리는 조심스럽게 캠핑카 안으로 들어섰다. 캠핑카 지붕 위로 떨어지는 빗소리, 차창으로 흘러내리는 빗물이 낭만적이다. 제주도에 올 때 막연하게 꿈꿨던 순간이다. 그리고 내 옆에는 든든한 남편이 있다. 모든 게 완벽한 휴가였다.

제주를 다녀오니 더 멀리 떠나고 싶어졌다. 마침 첫 번째 결혼기념일이었다. 둘 다 안 가봤고, 짧게 다녀올 수 있는 나라를 물색했다. 그리고 블라디보스토크로 결정했다.

금요일 밤 비행기를 타고 공항에 내려 택시로 블라디보스토크 시내에 도착하니 한밤중이다. 캐리어 바퀴 소리를 요란하게 내며 아르바트 거리의 한인 게스트하우스를 찾아갔다. 11월의 러시아는 예상보다 훨씬 추웠다. 가져온 옷을 껴입고, 좁은 침대에서 남편과 꼭 붙어서 잤다.

블라디보스토크는 한국에서 가장 가까운 유럽이다. 2시간 남짓 날아왔을 뿐인데, 우리는 이방인이다. 모든 것이 낯설었다. 다행히 시내가 크지 않아 골목 곳곳을 누볐다. 레닌 동상이 있는 블라디보스토크 기차역을 구경했다. 여기서 기차를 타면 시베리아를 횡단할 수 있다.

"시베리아는 언제 횡단해보지?"

"50살에 하자."

10년 뒤를 약속하며 기차역을 나왔다. 혁명 광장을 걷다가 버스를 타고 독수리 전망대로 갔다. 블라디보스토크의 야경은 저 멀리 금각교가 보이는 것 말고는 그다지 새로울 것이 없다. 심심하지만 평화로운 시간을 보냈다.

다음 날도 추웠다. 양털 모자와 두터운 목도리를 사서 머리와 목을 칭칭 감쌌다. 한국인이 운영하는 라면집에서 대게와 해물라면을 먹었다. 우리는 따뜻한 국물이 필수인 궁물즈 커플이다. 디저트로는 영국식 분위기의 예쁜 카페에서 달달한 케이크를 먹었다. 추워서 그런지 넣는 대로 들어갔다.

이날의 하이라이트는 저녁 식사였다. 지나가다 예뻐서 들어간 식당이었다. 스테이크에 와인을 마시는데, 두둠칫 두둠칫 음악이 흥겹다. 자연스럽게 한 명이 일어나 음악에 몸을 맡긴다. 그러자 한 명, 또 한 명이 일어나며 원이 만들어졌다. 대단한 춤을 추는 건 아니었다. 그저 '나는 지금 몹시 신이 난다'는 느낌을 몸으로 표현하고 있었다. 나도 내적 댄스 본능이 폭발했다. 술 때문일 수도, 익명성이 보장되는 낯선 곳이기 때문일 수도 있다. 나와 남편은 용기를 내어 그 원에 합류했다. 식당 안의 러시아 사람들이 동양에서 온 커플을 환영해주었다. 우리는 흥에 겨웠고, 신이 났고, 그 순간을 즐겼다. 블라디보스토크 여행 중 가장 기억에 남는 시간이었다.

서울로 돌아오는 비행기 안에서 남편을 가만히 쳐다보았다. 결혼 1년 차, 많은 일이 있었다. 싸우고 각방도 써봤고, 시부모님 때문에 명절 스트레스도 받았다. 쌓인 집안일에 주말 외출을 포기하기도 하고, 참석해야 할 집안의 대소사도 많았다. 여러 일을 겪으며 남편과 다양한 감정을 나눴다. 처음에는 둘인 게 어색했지만, 이제는 남편이 옆에 있는 게 자연스럽다. 매일 보지만 매일 반갑다. 1년 전, 하객들 앞에서 웨딩드레스를 입고 우렁차게 읽었던 결혼 서약이 떠올랐다. 그때의 눈길들이 여전히 우리를 지켜보고 있는 것 같다. 돌아오는 비행기 안에서 남편과 다정히 악수를 나누었다.

"여보, 올 한 해 고생했어. 내년에도 잘해보자."

2부

아직은 신혼

우리 부부의 스킨십

싱글일 때는 동거나 결혼 생활에 대한 비밀스러운 싱싱을 했다. 연애할 때의 헤어지기 싫은 마음, 함께 밤을 보내고 싶은 기대감을 충족할 수 있고, 원할 때 원하는 만큼 스킨십을 할 수 있을 거라고 생각했다. 새 침대에 누워서 함께 텔레비전을 보던 날, 긴장되어 침을 꿀꺽 삼켰다. 그 긴장감은 한 날이 지나고, 두 달이 지나면서 편안함으로 바뀌었다. 연애할 때 나대던 심장은 매우 규칙적이고 안정적으로 뛰고 있다.

결혼하고 좋은 점은 일상적인 스킨십이 늘었다는 것이다. 스킨십의 유형은 거실과 침대로 나뉜다. 거실에서는 주로 출퇴근 전후로 스킨십이 이루어진다. 연애할 때는 블랙박스와 CCTV 눈치를 보느라 못했던 뽀뽀를 마음껏 한다.

출근 전이나 퇴근 후, 혹은 거실에서 지나가다가 눈이 마주치면 습관적으로 입술을 맞댄다. 남편은 뽀뽀를 하고 싶으면 입술이나 볼을 내민다. 그의 스킨십은 수동적이라 다가가는 건 내 쪽이다. 남편은 출근 전에 엉덩이를 내민다. 그러면 나는 작고 귀여운 남편의 엉덩이를 툭툭 쳐주며 손맛을 느낀다. 퇴근 후에는 현관에서 가볍게 포옹하며 서로의 뺨을 맞댄다. 프랑스식 인사인 비쥬다.

우리는 대부분의 시간을 침대 위에서 보낸다. 밥을 먹고 나면 남편이 자연스럽게 침대에 모로 눕는다. 그러면 나는 남편의 품에 쏙 들어가서 나란히 텔레비전을 본다. 백허그 자세에서 남편의 손은 슬며시 내 아랫배로 향한다. 마른 체형인 남편은 살 만지는 걸 좋아한다. 그러다가 스르르 잠이 드는 게 평일 저녁의 패턴이다.

잘 때는 각자 편한 자세로 잔다. 나는 보디 필로를 다리 사이에 끼고 벽 쪽으로 눕고, 남편은 옷장 쪽으로 눕는다. 위에서 내려다보면 데칼코마니다. 그의 몸은 무의식중에 나에게 가까워지려고 한다. 뒤척이다가 그의 팔다리가 내 공간으로 들어오면 숨소리가 가까이서 들린다. 언제든 만질 수 있는 거리에 남편이 있어서 좋다. 현실감을 느끼고 싶어 잠자는 남편에게 조심스럽게 손깍지를 끼어본다. 그러면 남편은 자다가도 고개를 끄덕거린다. 나도 네가 느껴진다, 만져도 된다, 그렇게 말하는 것 같다. 남편은 자면서도 다정하다.

주말 아침은 남편을 깨우는 것으로 시작한다. 결혼 초기에 남편은 집에서 대체로 누워 있었다. 눕지고 플라노 움식임이 없었다. 만성 피로 직장인의 표본 같았다. 투덜거리는 나를 달래주기 위해 남편은 최소한의 움직임으로 스킨십하는 방법을 개발하기에 이르렀다. 남편의 게으름에서 시작된 일명 '속눈썹 스킨십'이다. 남편은 내 쪽으로 일굴만 살짝 돌리고, 내 볼에 대고 속눈썹을 깜빡거린다. 속눈썹끼리 맞대고 깜빡거리기도 한다. 강아지풀처럼 간질간질하다. 어이가 없어서 풋 하고 웃으면 남편은 나와 놀아주는 임무를 다했다는 듯 다시 눈을 감는다.

서론이 길었다. 이제 우리 부부의 은밀한 스킨십에 대해 고백할 차례다. 결혼하고 나서 우리 부부는 새로운 형태의 육체적 쾌락에 눈을 떴다. 부부이기 때문에 가능한 시도였고, 의미 있는 발견이었으며, 앞으로도 멈출 생각이 없다. '삼르가즘'이라고 부르는 이것은 발르가즘, 등르가즘, 귀르가즘을 일컫는다.

발르가즘

결혼하고 얼마 지나지 않아 남편이 만취한 상태로 귀가했다. 비틀거리며 침대에 눕더니 처음으로 술주정을 했다.

"나 니 남편이야. 양말 벗겨줘."

가부장적인 데다 권위주의적이기까지 한 이 말을 남편 입으로 들으니 어처구니가 없었다. 잠자코 양말을 벗겨주었다. 고분고분한 내 태도에 용기를 얻었는지 남편이 더한 요구를 했다.

"발 마사지해줘."

진짜 해달라는 건지, 떼를 쓰는 건지, 애교를 부리는 건지 몰라서 물끄러미 쳐다보았다.

"왜? 고린내 나?"

"그래, 아주 풀풀 난다. 적당히 하고 자라!"

객기를 부리던 남편은 그제야 꼬리를 내리고, 주섬주섬 옷을 갈아입고 착하게 잤다.

주말에 처음으로 대야에 뜨거운 물을 받아서 안방으로 대령했다. 입욕제를 풀고 남편의 발을 담갔다. 남편의 발은 농부의 발처럼 건조하고 각질이 많다. 매일 모내기를 해도 이정도는 아닐 것 같다. 각질 제거제로 뽀드득뽀드득 묵은 때를 벗겨준다. 희한하게도 더럽게 느껴지지 않는다. 간지럽다며 엄살 부리던 남편이 마침내 발을 온전히 맡긴다. 눈을 살짝 감고, 발가락의 힘을 푼다. 내 손가락은 닥터 피시가 되어 남편의 발가락 사이사이를 누빈다.

등르가즘

남편이 등을 긁어달라고 했다. 처음에는 티셔츠 위에서 긁어줬다. 표정이 만족스럽지 않아 보였다. 이번에는 손을 쑥넣어서 등이 빨개지도록 긁어주었다.

"오른쪽 어깻죽지! 아니, 거기 말고 날개뼈 아래쪽. 이번에는 척추 라인 따라서 쭉! 어, 거기. 바로 거기야. 아~ 진짜 시원하다."

남편이 다양한 형용사를 동원하며 찬사를 보낸다. 저렇게까지 행복할 일인가 의아했다. 호기심에 나도 긁어달라고 했다. 그리고 나도 정확히 남편과 같은 표정을 지었다. 세상에, 이렇게 시원할 수가 없다. 온몸의 감각이 등에 모여 있는 것 같았다. 간지러울 때 긁어주면 말할 것도 없고, 간지럽지 않을 때에도 기분이 좋다. 서로 등을 긁어주는 모습이 꼭 원숭이 같다.

"나이 들면 등은 누가 긁어줄 건데?"

어른들이 결혼하라고 할 때 꺼내는 단골 멘트다. 싱글일 때는 이 말을 이해하지 못했다. 그런데 이제 알겠다. 등 긁어줄 사람은 반드시 필요하다. 효자손으로는 벅벅 긁어주는 손맛을 대체할 수 없다.

귀르가즘

어느 날, 남편이 귀가 간지럽다고 했다. 남편을 무릎에 눕히고 귓속을 들여다보니 귀지가 가득하다. 귀이개와 면봉, 휴지를 준비해서 발굴 작업에 착수한다. 처음에는 앞바퀴만 깔짝대며, 남편이 나의 손길에 적응할 때까지 기다렸다. 그가 긴장을 풀 때쯤 귀이개를 깊숙하게 넣었다. 깊은 어둠 속 귀벽에 붙어 있는 왕건이를 건져낼 때의 손맛이 짜릿하다. 금광에서 사금을 채취하는 기분이다. 가끔 아프다고 할 때도 있지만, 남편은 귀 파주는 걸 좋아한다.

결혼하고 나니 격렬한 스킨십보다 다정한 스킨십이 좋다. 양말을 벗겨주고, 등을 긁어주고, 귀를 파주며 다정하게 나이 들고 싶다.

믿었던 직원의 배신

결혼 2년 차가 되던 해에 코로나가 터졌다. 확진자가 늘어나면서 사회적 거리두기가 시행되었고, 외식업계는 빠른 속도로 침체되었다. 적자를 견디지 못한 가맹점들이 하나둘씩 문을 닫고, 본사의 업무는 대폭 줄어들었다. 나는 사무실에서 보내는 시간보다 매장에서 근무하는 시간이 더 많아졌다. 그러던 어느 날, 생각지 못한 문제가 발생했다. 카운터를 보고 있는데 전화벨이 울렸다.

"어제 회식을 하고 현금을 냈는데, 현금영수증이 조회가 안 되네요."

전일 매출 내역을 조회해보니 현금으로 15만 원을 결제한 내역이 떴다.

"저녁 9시에 15만 원 결제하신 건 맞으실까요?"

"아니요. 20만 원 냈는데요."

차액만큼의 현금영수증을 발행하고 손님에게 사과하는 것으로 사태를 수습했다. 예감이 좋지 않았다. 그 시간에는 홀 직원 B가 혼자 있었다. 직원을 불러 누락된 5만 원에 대해 물었다. B가 급하게 쓸 데가 있어서 5만 원을 자기 카드로 결제하고, 현금을 뺐다고 변명했다. 현금영수증은 왜 발행하지 않았느냐고 물으니 전화번호를 적어 놓은 종이를 잃어버렸다고 했다. 여러모로 수상했다.

그날 영업을 마감하고, 포스기와 CCTV 녹화 영상을 조회했다. 직원이 자기 카드로 결제하는 장면은 없었다. 다음 날, B를 불러 다시 물었다.

"CCTV 확인했어요. 정말 본인 카드로 결제한 게 맞나요?"

"죄송합니다. 돈이 정말 하나도 없어서 그랬습니다."

"언제부터 현금 매출에 손을 댔나요?"

"이번이 처음이에요. 잘못했습니다."

처음이 아닐 거라는 의심이 들었다. 다음 날 일찍 매장에

가서 포스기를 켰다. B가 출근하기 전에 조사를 끝내야 했다. 최근 한 달 동안 B가 근무한 날의 매출 상세 내역을 조회했다. 취소 건 하나를 임의로 뽑아서 추적해보았다. 주문이 취소된 시간의 CCTV 화면에는 현금을 건네는 손님의 모습이 찍혀 있었다.

한 달간의 주문 취소 내역을 출력했다. 용지 한 롤을 다 쓰고도 부족해서 새로 갈아 끼웠다. 출력 버튼을 누르는 손이 떨렸다. 한 달 치를 합산하니 120만 원이었다. 시작점을 찾아 전달로, 그 전달로 거슬러 올라갔다. 주문 취소 내역이 끊임없이 나왔다. 어떤 날은 매출이 50만 원인데, 빼돌린 금액이 10만 원이었다. 매장이 적자에 허덕일 때도 B는 멈추지 않았다. 6개월간의 피해액이 어림잡아 800만 원이었다. 그 이전의 횡령액은 확인할 방법이 없었다.

그러고 보니 짚이는 데가 있었다. B는 아르바이트로 번 돈에 비해 씀씀이가 컸다. 치즈 케이크와 마카롱을 사러 압구정에 들렀다 출근하기도 했다. 신발은 나이키만 신었고, 새 옷을 자주 사 입었다. 새벽까지 클럽에서 놀고, 택시를 타고 다녔다. B에게 매장은 마르지 않는 샘물이었다. 배신감이 들었다. 주변에 조언을 구하고, 각서를 준비했다. B에게 돈을 받아내는 게 우선이었다. 절도죄는 반의사불벌죄가 아니라서, 경찰서에 신고하면 합의해도 소용이 없다.

다음 날 불시에 매장에 찾아갔다. 내 얼굴을 본 B는 무언가를 직감한 듯했다. 눈을 마주치지 못하고, 손을 떨었다. 포스기와 CCTV를 뒤져서 알아낸 사실을 조목조목 말하며, 증거를 내밀었다. B는 추정 금액을 모두 인정했다. 하지만 돈이 없다며, 일을 해서 갚겠다고 했다. 못 미더웠지만 돈을 받기 위해 일을 시킬 수밖에 없었다. 그 뒤로 마감 전표를 꼼꼼하게 확인했다. 매출 취소 내역, 주문 취소 내역을 유심히 살폈다.

그렇게 몇 달이 지났다. 채무 변제가 마무리되어갈 즈음, 주방이모의 제보로 B가 새로운 수법을 사용한 것을 알게 되었다. B는 현금이 들어오면 '100% 할인'을 적용해서 해당 테이블을 0원으로 만들었다. 그리고 다음 주문이 들어오면 병합해서 처리했다. 그러면 마감 정산표에는 아무런 흔적이 남지 않았다. 두 번째 배신이었다. B는 마지막까지 횡령을 멈추지 않았고, 불명예 퇴장을 했다.

B가 떠나고 사람을 믿지 못하는 병이 생겼다. 모르는 사람에게 매장을 맡기는 것이 불안했다. 오픈 시간부터 마감할 때까지 혼자 매장을 지켰다. 무엇보다 매출이 떨어져서 인건비를 추가로 지출할 여력이 없었다. 매장이 팔릴 때까지 내 노동력을 갈아 넣으며 버텨보기로 했다. 그때부터 본격적으로 주 7일 근무에 들어갔다.

주말을 포기하면서 신혼 라이프는 유예되었다. 남편과는 밤에 잠깐 얼굴을 볼 뿐이었다. 내 머릿속은 매장에 대한 일로 꽉 차 있었다. 해가 바뀌어도 코로나 사태가 끝나지 않았고, 매장을 보러 오는 사람은 없었다. 단기 레이스로 끝날 것 같지 않았다. 버틸 수 있는 방법을 찾아야 했다.

매출을 늘리기 위해 배달을 시작했다. 리뷰가 쌓이면서 주문 수가 늘었다. 코로나 확진자가 폭증하자 매장 손님보다 배달 주문이 더 많아지는 기현상이 나타나기도 했다. 하지만 배달이 늘어나는 게 마냥 기쁘지만은 않다. 포장은 매장 고객보다 두 배로 손이 갔고, 마진율이 낮았다. 혼자서 홀과 배달을 처리하다 보니 과부가 걸렸다.

배달이 연달아 들어오거나 점심시간에 직장인들이 몰려오면 등에서 식은땀이 났다. 매장 입구로 달려가서 QR 코드를 찍거나 방명록 작성을 요청해야 했고, 픽업하러 온 라이더의 재촉에 사과해야 했다. 배달 알림음, 테이블 벨 소리, 전화벨 소리를 쫓아다니다 보니 어느 날은 귀가 잘 들리지 않았다. 덜컥 겁이 났다. 새로운 직원을 뽑는 일을 더는 미룰 수 없었다.

채용 공고를 올렸더니 하루에 다섯 명씩 연락이 왔다. 하지만 좋은 직원을 뽑는 일은 쉽지 않았다. 막상 뽑으면 출근 당일에 안 오는 노쇼(No Show) 족도 많았다. 하루 근무하고 그만두는 직원, 언제 결근할지 몰라서 불안한 직원, 다사다난한 직원 등 다양한 사례를 겪었다. 일을 가르쳐서 좀 편해지려고 하면 사정이 생겼다며 한두 달 뒤에 그만두었다. 알바생이 자주 교체되는 것은 업무상 부담이었다. 새로운 솔루션이 필요했다.

책임감 있고, 빠질 일이 없으며, 언제든 연락 가능한 사람. 매장을 믿고 맡길 수 있으며, 사장의 마인드로 고객을 응대할 수 있는 사람. 주방 직원과 잘 지내고, 몸이 가벼워서 꾀를 부리지 않을 사람. 눈만 봐도 손발이 척척 맞는 사람. 그런 사람이 필요했다.

운 좋게도 그런 사람을 한 명 알고 있었다.

투잡러가 된 남편

남편은 오전 9시에 출근해서 오후 6시까지 근무하는 회사원이다. 나는 오전 11시부터 오후 10시까지 매장에서 근무한다. 남편은 토, 일에 쉬고, 나는 월요일에 쉰다. 겹치는 시간이 많지 않다. 이 시기에 연애했다면 얼마 못 가 헤어졌을지도 모른다. 다행히 부부가 된 후에 바빠졌고, 남편이 많이 이해해주었다. 매일 지하철역에 마중 나와서 가방을 들어주고, 금요일 저녁에는 매장으로 퇴근해서 마감을 도왔다.

남편이 매장 일을 처음으로 도왔던 날은 주말 단체 예약이 있었다. 테이블을 치우고, 그릇을 나르는 비대면 업무만 도와달라고 했다. 그는 투명 인간처럼 눈에 안 띄게 움직이려고 했지만, 손님들의 눈에는 남편이 직원으로 보였다. 주문과 결제가 필요한 순간이 오면서 그는 자연스럽게 현장 경험을 쌓게 되었다. 매장에서 보내는 시간이 차곡차곡 쌓이면서 남편의 홀 서빙 능력은 향상되었다. 쑥스러워서 손님과 눈도 못 마주치던 남편이 친절하게 "어서 오세요"라고 한 날은 기분이 묘했다. 회사에서는 어엿한 팀장인데, 내가 이렇게 부려먹어도 되나 싶었다. 약간의 죄책감은 시급 만 원을 챙겨주는 것으로 떨쳐냈다.

남편이 주말 아르바이트 자리를 차지하면서 가족 경영 체제는 더욱 견고해졌다. 오빠는 대표, 주방 실장은 엄마, 매장 관리자는 나였다. 프랜차이즈의 흥망성쇠를 겪고, 마지막 매장 정리만 남은 시점이었다. 길어야 3개월이라고 생각하며 가족끼리 힘을 모았다. 평일만 버티면 금요일 저녁부터 일요일까지는 남편과 함께였다.

남편이 오는 주말이 기다려졌다. 무엇보다 밥을 같이 먹을 수 있어서 좋았다. 주말마다 사위가 오니 엄마도 음식을 열심히 해 날랐다. 꼬리곰탕을 먹고, 삼겹살을 사다가 구웠다. 판매 메뉴인 갈비찜과 제육볶음, 오징어 부추전은 수시로 먹었다. 저녁에는 매장 일대의 음식점을 섭렵했다. 번화가여서 없는 메뉴가 없었다. 떡볶이, 닭강정을 시작으로 닭한마리, 육회, 광어회, 곱창, 양꼬치 등 인근 맛집을 두루 돌며 포장을 해왔다. 마감할 때쯤이면 생맥주 호스를 청소한다는 핑계로 맥주를 한 잔씩 마셨다. 맥주 러버인 남편은 특히 생맥주 호스 청소를 좋아했다.

웃지 못할 에피소드도 생겼다. 대전 시대에 내려갔을 때 일이다. 음식점에서 식사를 하고, 시어머니가 계산하겠다며 남편을 막아섰다. 엉거주춤 서 있던 남편은 "잘 먹었습니다, 장모님"이라고 큰 소리로 말했다. 매장에서 엄마가 해주는 밥을 먹으면서 '장모님'이라는 호칭이 입에 붙은 깃이다. 사정을 모르는 시아버지는 "장모한테 얻어먹고 다니냐? 못난 놈"이라며 혀를 끌끌 차셨다.

매장에서 근무하며 남편은 크고 작은 사고를 쳤다. 배달 주문을 포스기에 입력하다가 누락하기도 하고, 테이블 번호를 헷갈려 돈을 덜 받기도 했다. 가장 황당했던 실수는 생맥주를 따르고 꼭지를 제자리로 돌려놓지 않은 일이었다. 생맥주가 줄줄 새서 물받이가 가득 차고, 매장 바닥으로 흘러넘쳤다. 알아챘을 때는 생맥주 열 잔도 넘는 양이 쏟아진 뒤였다. 한동안 그 사건을 들먹이며 남편을 오줌싸개라고 놀렸다.

남편이 가장 큰 활약을 한 분야는 주차 관리다. 잠실새내 역은 주차 공간이 부족하기로 악명이 높다. 그나마 우리 매장은 건물 옆에 주차 공간이 있었다. 하지만 일렬 주차를 해야 해서 안쪽에 있는 차가 나가려면 뒤에 들어온 차를 빼야 했다. 우리만 쓰는 주차장도 아니었다. 총 3대까지 주차가 가능했는데, 지하 바와 2층 이자카야, 우리 매장이 한 대씩 댈 수 있었다. 지하 바는 직원이 온종일 차를 댔다. 이자카야 손님은 바깥쪽에 주차를 해두고 술을 마셨다. 차를 빼달라고 하면 당연하다는 듯 차 키를 건넸다. 남편은 발렛 파킹까지 해야 했다. 때때로 원룸 거주자가 차를 대거나 신원 불명의 차가 주차되어 있으면 연락해서 차를 빼달라고 해야 했다. 그 과정에서 크고 작은 실랑이가 벌어졌다. 소모적이고 골치 아픈 주차 관리를 남편이 도맡아주었다. 덕분에 나는 매장 손님을 응대하는 데 집중할 수 있었다.

매장에는 가끔 참을성 없는 손님이 등장했는데, 그런 손님은 벨을 누르자마자 직원이 뛰어오기를 바랐다. 주차 안내와 계산 등으로 발이 묶여서 즉각적인 응대가 어려운 경우에는 올 때까지 벨을 눌렀다. 10초 동안 벨을 세 번 누르고, 벨을 세 번이나 눌렀는데 왜 안 오느냐고 화를 냈다.

매장 유니폼을 입으면 사람들이 나를 대하는 게 달라진다. 반말을 하는 사람도 있고, 무리한 요구를 하는 경우도 있다. 그럴 때면 내가 스튜어디스나 간호사가 아니어서 다행이라고 생각했다. 내가 하는 일은 장거리 비행도, 며칠간 입원한 환자를 돌보는 일도 아니다. 아무리 진상이라도 짧게는 30분, 길어야 두세 시간만 참으면 된다.

가끔 진상 손님이 서너 시간 앉아 있는 경우가 있다. 다른 테이블의 손님들이 돌아볼 정도로 벨을 쉴 새 없이 누른다. 혼자 근무할 때는 어떻게든 이겨내야 했다. 표정 관리가 힘들 때는 마스크의 도움을 받았다. 남편이 있는 주말에는 손님의 호출에 한 번씩 번갈아 응대했고, 그것만으로도 스트레스가 줄어들었다.

매장의 퇴근 시간은 마지막 손님에게 달렸다. 식사만 하는 테이블이면 예감이 좋다. 하지만 술병이 쌓여가는 테이블이면 불안했다. 어떤 날은 남자 세 명이 늦게까지 소주 다섯 병을 마셨다. 마감 시간을 안내해도 알았다고 할 뿐, 일어날 기미가 없었다. 할 수 없이 마감 분위기를 조성했다. 창가의 블라인드를 내리고, TV를 껐다. 세팅 바의 조명과 매장 음악을 꺼서 고요한 분위기를 만들었다. 이렇게 해도 소용이 없자, 앞문과 뒷문을 활짝 열어 강풍 공격을 했다. 하지만 만만치 않았다. 손님들은 흡연 때문에 두툼한 외투를 입고 있어서 타격감이 제로였다. 마지막은 정공법이다. 나에게 등을 떠밀린 남편이 쭈뼛거리며 테이블로 향했다.

"저… 손님…, 저희가 마감 시간이 지나서요."

마감 시간을 훌쩍 넘기고 마지막 손님을 내보냈다. 테이블을 정리하고, 마른 천으로 그릇을 닦은 후 지하철역으로 뛰어갔다. 아슬아슬하게 막차를 타면서 긴 하루가 끝났다.

3개월이면 될 줄 알았던 막판 스퍼트는 1년이 넘어갔다.

회사원과 매장 아르바이트로 주 7일 근무를 하는 남편에게 미안한 마음과 고마운 마음이 교차했다. 어느 날, 남편에게 조심스럽게 물었다.

"여보, 솔직히 말해봐. 나랑 결혼해서 힘들지? 똥 밟았다 싶지?"

"자기가 왜 똥이야? 황금이지."

"그림 황금 빈인가?"

똥 얘기를 하며 우리는 어린애처럼 깔깔거렸다. 인생은 가까이서 보면 비극, 멀리서 보면 희극이다. 매일이 힘들지만, 이 또한 지나고 나면 추억이 될 거라는 생각으로 견뎠다.

결혼하고 1년, 2년의 시간이 쌓이면서 남편에게는 사랑 이상의 감정이 생겼다. 의리, 동지애, 더 나아가 전우애 같은 것들이다. 처음에는 어색했던 '여보', '자기'라는 호칭이 자연스러워졌다. 그 단어에는 부부만이 느낄 수 있는 끈끈하고 깊은 감정이 내포되어 있다. 남편에게 몽글몽글한 감정이 느껴질 때면 마음속에 저장해둔다. 항공 마일리지처럼 부부 마일리지를 차곡차곡 쌓았다. 살면서 언젠가 남편이 나를 힘들게 할 때 이 마일리지를 사용하기로 마음먹었다.

불행하게도 부부 마일리지를 쓸 날은 생각보다 빨리 왔다.

나의 결혼기념일

직원 B가 떠나고 수 7일 근무를 하면서 워라밸이 무너졌다. 쉬는 날 없이 일을 하니까 몸에 무리가 왔다. 가족과 상의 끝에 일주일에 하루는 매장 문을 닫기로 했다. 휴무일을 주말로 하고 싶었지만, 주말 매출을 포기하는 게 쉽지 않았다. 매출이 가장 낮은 월요일을 휴무일로 정했다.

휴무일에도 마음껏 쉬지는 못했다. 작은 매장이라도 경영은 경영이었다. 고객 예약 확인, 식자재 발주, 거래처 대금 입금, 손익표 작성, 영수증철, 직원 급여 계산 등의 업무를 처리하다 보면 시간이 훌쩍 지나갔다. 밀린 집안일도 해야 했다. 빨래는 일주일에 한 번 했다. 빨래를 자주 하지 못해서 속옷과 양말을 더 샀다.

문득 결혼 첫해가 떠올랐다. 첫 번째 결혼기념일에는 제주도와 블라디보스토크로 여행을 다녀왔다. 연달아 여행을 떠나는 게 부담스러웠지만, 신혼이라 욕심을 냈다. '첫 번째 결혼기념일'에 큰 의미를 부여하고 싶었다. 결과적으로는 내 선택이 옳았다. 그때 떠나지 않았더라면 코로나 이후 여행에 대한 갈증이 심해졌을 것이다.

두 번째 결혼기념일에는 떠날 엄두가 나지 않았다. 시간도 없고, 에너지도 없었다. 하루에 10시간씩 서서 근무하면 진이 빠졌다. 하체 순환이 안 되는 체질이라 스트레칭을 하지 않으면 다리가 심하게 부었다. 육체노동을 하고 집에 오면 요가 매트를 펼 체력이 남아 있지 않았다. 그렇게 내 몸을 방치하던 어느 날, 거울에 비친 종아리를 보고 충격을 받았다. 하지 정맥이 심해져서 파란 지렁이처럼 보였다. 한 마리가 아니었다. 다리가 땡땡해져서 서 있는 게 고통스러웠다. 하지 정맥 수술에 대해 알아보았지만, 회복 기간을 고려하면 매장을 정리할 때까지는 무리였다. 정맥 순환제를 먹으며 버티는 수밖에 없었다. 매주 휴무일에 집 근처에서 마사지를 받았지만, 효과는 2~3일뿐. 자면서 끙끙대는 내가 안쓰러웠는지 남편이 쇼핑몰 링크를 보냈다. 유명 브랜드의 안마의자가 40% 할인된 특가에 나왔다. 안마의자는 사치품이 아니라 필수 의료기기라는 생각이 들었다. 마침 결혼기념일이 코앞이라 대의명분도 있었다. 그날 저녁, 안마의자를 3개월 할부로 결제했다.

안마의자가 도착한 날은 몹시 설레였다. 찜질방이나 힐링카페에서 사용하던 안마의자를 들여놓으니 집에 부내가 났다. 지폐나 동전을 넣지 않고도 작동하는 개인용 안마의자라니…. 조심스럽게 몸을 눕히자 안마의자가 내 몸을 착 감쌌다. 비즈니스석 같았다. 매일 여행하는 기분으로 앉았다. 뭉친 허리와 발바닥을 풀어주면 다음 날 하루가 가뿐했다. 30분 수면 모드는 불면증에도 도움이 되었다. 안마의자를 사고 처음 한 달간은 몽유병 환자처럼 안마의자와 침대를 왔다 갔다 했다.

남편에게는 와인셀러를 선물했다. 그 배경에는 금연이 있다. 결혼기념일 두 달 전에 남편이 담배를 끊었다. 남편은 금연으로 힘들어했고, 새로운 재미를 찾다가 와인에 눈을 떴다. 처음에는 한 병이었던 와인이 세 병, 네 병으로 늘면서 주방을 점령하기 시작했다. 와인병은 냉장고에 넣기에는 길고, 공간을 많이 차지한다. 와인셀러를 사야 할 이유가 충분했다. 가격은 안마의자의 10분의 1이지만, 지속적인 와인 구매를 고려하면 공평한 선물이었다.

결혼 3년 차에는 모션 베드를 구매했다. 언제부터인가 기침이 멈추지 않았다. 매장에서 주문을 받을 때 기침이 계속 나와서 손님들이 불안한 눈빛을 보냈다. 지하철을 타고 가다가 헛구역질이 날 때까지 기침을 해서 중간에 내린 적도 있었다. 코로나가 아닐까 의심되어 검사를 받았지만 음성이었다. 기침이 2주 이상 멈추지 않으면 폐렴이라는데, 이러다 죽는 건 아닐까 두려웠다. 홀아비가 되기에 남편은 젊었다.

원인을 찾아다니다가 병원에서 역류성 식도염 진단을 받았다. 모든 증상이 이해되었다. 정상적인 시간에 저녁을 먹지 못한 지 1년이 넘어가고 있었다. 퇴근하고 집에 오면 밤 10시였다. 늦은 저녁을 먹고 나면 몸이 무거웠다. 먹고 바로 누워 있다가 잠드는 날들의 연속이었다. 직업병이라면 직업병이다. 역류성 식도염을 예방하려면 잘 때 똑바로 누워 자지 말고, 상체를 비스듬히 눕히라고 했다. 시중에는 웨지 필로, 위 편한 베개 등 다양한 제품이 나와 있었다. 하지만 옆잠을 자는 나에게는 불편해 보였다. 비싸더라도 해결책은 하나, 모션 베드였다.

노선 베드는 신분물이었다. 리모컨 하나로 침대에서 편하게 자세를 바꿀 수 있다. 다리를 올려주면 하지 정맥에 좋고, 상체를 올려주면 역류성 식도염에 좋았다. 머리를 심장보다 높게 하고 자니까 확실히 기침이 덜 나왔다. 잘 때는 15도, TV 볼 때는 50도로 등받이를 조절했다. 쉬는 날 밀린 드라마를 볼 때도 자세가 편하니 정주행이 쉬웠다. 드라마를 보다가 허리가 아프면 안마의자로 풀어주었다. 손가락 하나 까딱하기 싫을 때도 이 둘만 있으면 가볍게 몸을 풀 수 있다. 20년 미리 체험하는 요양원인 셈이다.

결혼기념일은 선물을 구매한 것으로 끝내려고 했다. 하지만 물건은 물건, 이벤트는 이벤트다. 몸 건강도 중요하지만 마음 돌봄도 놓칠 수 없었다. 매장 근무가 길어지면서 '나'를 잃어버린 느낌이었다. 온종일 손님들의 시중을 들고, 감정 노동을 하느라 내 감정을 살피지 못했다. 폭발하기 전에 기분 전환이 필요했다. 다른 사람의 비위를 맞추는 일은 잠시 접어두고, 내 기분에 충실한 하루를 보내기로 했다.

　돈 생각하지 말고 결혼기념일을 특별하게 보내기로 했다. 2시간짜리 아로마 마사지를 받는 것으로 하루를 시작했다. 점심은 발렛 파킹이 되는 레스토랑에서 스테이크와 파스타를 먹었다. 남산의 호텔에 체크인하려고 들어서니 근사한 샹들리에가 내 마음을 흔들었다. 잘 차려입은 투숙객들과 섞여 있으니 앞치마를 두른 일상과 멀어졌다. 5만 원을 더 내고 한강뷰 객실로 업그레이드했다. 남산에서 내려다보는 서울에서는 현실의 팍팍함이 느껴지지 않았다. 저녁에는 이태원에서 태국 음식을 먹고, 목적지가 없는 서울 드라이브를 하며 가짜 여행을 즐겼다. 이번 여행의 하이라이트는 객실에서 바라보는 한강 야경이었다. 와인 잔을 들고 내려다보는 한강은 만만해 보였다. 무슨 일이든 술술 풀릴 것 같았다. 여기저기 치여서 주눅 들어 있던 내 어깨가 활짝 펴졌다.

다음 날 오전, 체크아웃을 하고 남편이 매장에 데려다주었다. 호사는 여기까지다. 운동화를 신고, 앞치마를 매고, 머리를 질끈 묶는다.

"어서 오세요, 두 분이신가요?"

밝게 웃으며 첫 손님을 맞이했다. 온전히 즐긴 원 데이 휴가 덕분에 그날 매장을 방문한 손님들은 최상의 서비스를 받을 수 있었다.

내 노트북에는 결혼기념일 폴더가 있다. 결혼기념일마다 일기를 쓰고, 사진을 찍는다. 커플 사진은 사진관에 가서 정식으로 찍는다. 안방의 액자는 살아있는 것처럼 매년 사진이 바뀐다. 지나간 사진은 앨범에 꽂아둔다. 10년, 20년 뒤에는 열 장, 스무 장으로 늘어나 있을 것이다.

결혼 전에 네덜란드에서 야외 촬영을 했다. 잔세스칸스라는 풍차 마을에서 셀카봉을 들고 낑낑거렸다. 지나가던 사람들이 사진을 찍어주었고, 그중에 사진작가가 있었다. 풍차와 바람, 우리를 한 장의 사진에 절묘하게 담아주었다. 튤립과 작약을 들고 걸어가는 우리에게 네덜란드 사람들은 박수를 아끼지 않았다.

열 번째 결혼기념일에 네덜란드에서 리마인드 웨딩을 하기로 약속했다. 하객과 사진작가는 현지에서 조달할 것이다. 그때를 위해 흰색 레이스 원피스를 잘 보관하고 있다.

10년 뒤에 그 옷이 맞을지는… 잘 모르겠다.

칠모 입양기

우리 부부는 내가 서른여덟, 남편이 서른여섯일 때 결혼했다. 나이에 비해 모아둔 돈은 많지 않았다. 주택담보대출과 신용대출을 받아서 남현동에 작은 신혼집을 마련했다. 결혼하고 나니 매달 갚아야 할 돈이 만만치 않았다. 남편이 차를 사고 싶어 했지만, 아직은 아니라고 생각했다. 집은 꼭 필요하지만, 차는 그렇지 않다. 무엇보다 집이 자산이라면 차는 소비재다. 차는 사는 순간부터 가격이 떨어진다. 하루라도 늦게 사는 게 돈을 버는 길이라고 생각했다.

우리 부부는 출퇴근할 때 지하철을 이용한다. 남편은 지하철로 4정거장, 나는 8정거장이다. 가까운 거리다. 평일에는 차가 없어도 아쉽지 않았지만, 문제는 주말이다. 차가 없으니 외출을 잘 안 하게 되었다. 결혼 후 처음 한 달동안은 대부분의 시간을 집에서 보냈다. 답답한 느낌이 들 때쯤 오빠 차를 빌려 쓸 기회가 생겼다. 차가 생기니까 엉덩이가 들썩거렸다. 주말마다 계획을 세우고, 차를 끌고 나갔다.

새해 첫날에는 엄마를 모시고 외할머니가 계신 요양원에 갔다. 요양원에 가려면 버스를 세 번 갈아타야 했다. 차가 없이는 가기 힘든 곳이다. 엄마가 외할머니에게 남편을 소개했다. 외할머니가 남편의 손을 잡고 물끄러미 쳐다보셨다. 나와 남편을 번갈아보다가 소녀처럼 웃으셨다. 나는 엄마에게 효도하고, 엄마는 외할머니에게 효도한다. 더블 효도다.

그다음 주말에는 서울 시내 드라이브를 하기로 했다. 차가 있으니까 외출 준비가 간편했다. 화장은 생략하고 모자만 썼다. 현관을 나서면 세상과 바로 연결되는 기분이었다. 한강 다리를 건너서 삼청동에 수제비를 먹으러 갔다. 조금만 늦어도 대기 줄이 생기는 곳인데, 우리가 첫 손님이었다. 북악산 스카이웨이를 한 바퀴 돌았다. 기동력이 있으니까 좋다.

세 번째 주말에는 오이도로 1박 2일 여행을 갔다. 예약해 둔 호텔에 짐을 풀고, 조개구이집에서 저녁을 먹었다. 첫 쟁반부터 조개가 가득했다. 목장갑을 끼고 조개를 굽는 남편의 솜씨가 제법이다. 무한리필 집이라 전투 자세로 임했지만, 첫 쟁반과의 싸움에서 지고 말았다. 호텔로 돌아와서 나란히 누우니 집에 있을 때와 다른 기분이었다. 남편이 아니라 남자 친구 같았다.

마지막 주말에는 더블데이트를 했다. 더블데이트는 싱글일 때 나의 로망이었다. 결혼식 때 부케를 받은 H 커플과 한국민속촌에 가기로 했다. 친구들은 모두 기혼이라 부케를 줄 사람이 마땅치 않았는데, 스윙댄스 동호회원인 H가 선뜻 받겠다고 해줘서 고마웠다. 만남의 광장에서 국밥을 먹으며 뜨끈하게 일정을 시작했다. 한국민속촌은 허허벌판이라 바람이 매섭게 느껴졌다. 얼굴을 목도리로 꽁꽁 동여매고, 장갑을 끼었다. 엄청 추운 날이었다. 차가 없었다면 이 추위에 외출을 강행하지 않았을 것이다. 관아에서 남편을 엎어놓고 곤장을 치고, 춘향이가 탔던 그네를 탔다. 주막에서 해물파

전에 막걸리까지 야무지게 먹고 나왔다.

집으로 돌아와서 집들이를 했다. 손님을 몇 번 치른 뒤라 남편과 손발이 제법 잘 맞았다. 해물탕과 돼지갈비, 회 등을 후다닥 차려냈다. 밥을 먹기 전에 H가 가방에서 무언가를 꺼냈다. 말린 꽃이 담긴 오픈 액자였다.

"언니, 이거 부케 말린 거예요. 이래야 잘 산대요."

포물선을 그리며 날아갔던 부케가 두 달 만에 나에게 돌아왔다. 말린 부케 액자를 거실의 잘 보이는 위치에 걸어두었다.

차가 있는 한 달이 순식간에 지나갔다. 차에 기름을 가득 채우고, 세차를 해서 오빠네 아파트 주차장에 반납했다. 덜컹거리는 지하철을 타고 현실로 돌아왔다. 차가 있으니까 좋았다. 하지만 외출에 따른 부수적인 비용이 많이 나갔다. 신혼 초에는 부지런히 대출금을 갚고, 통장 잔고가 쌓일 때를 기다리기로 했다.

그러다가 회사 차가 우리에게 왔다. 슈퍼바이저가 매장 관리용으로 사용하던 차였다. 직원이 퇴사하면서 회사 차는 주차장에 세워져 있었다. 렌트 기간이 6개월 남았을 때였다. 마침 그때 지하철이 단축 운행을 했다. 매장 마감을 하고 퇴근하면 막차 시간을 맞추기 어려웠다. 그래서 회사 차를 출퇴근용으로 사용하기로 했다.

없을 때는 몰랐는데, 있으니까 너무 편했다. 체력이 방전되어 집까지 어떻게 가나 한숨만 나올 때 남편이 데리러 와주면 반가웠다. 이동하면서 쉴 수 있었다. 주말 아침, 출근하기 싫을 때도 남편과 함께 차로 출근하면 기분이 나아졌다. 주말 오후에 손님이 없는 시간에는 남편과 번갈아가며 차에서 낮잠을 잤다. 이동식 침대였다.

매장, 집, 매장, 집을 반복하다 보니 회사 차를 반납하는 날이 되었다. 허전함이 밀려왔다. 그동안 누리던 것을 이제는 못 누린다고 생각하니 가난해진 기분이었다. 차가 없이도 잘 살던 기억은 나지 않고, 차가 없이는 어디도 못 갈 것 같은 기분이 들었다. 얼마 후면 결혼 3주년이었다. 차를 살 때가 된 것 같았다. 통장 잔고를 확인하니 제법 여유가 있었다.

구매할 차를 알아보기 시작했다. 신차는 비싸기도 하고 출고까지 오래 걸려서 중고차를 알아보았다. 운전하던 차를 사는 게 편할 것 같아서 회사 차와 동일한 모델로 알아보았다. 한때 중고차 딜러였던 시아버지에게 도움을 요청했다. 성격 급한 시아버지는 일주일 만에 괜찮은 차를 찾아내셨다. 대전까지 내려가서 차를 보기에는 시간적으로 여유가 없었다. 시아버지가 꼼꼼히 살펴보셨을 거라 믿고, 바로 입금했다. 꼭 쥐고 있던 여윳돈이 통장에서 쑥 빠져나갔다.

잔고가 빠져나간 상실감은 눈앞에 나타난 차가 달래주었다. 새것 같은 중고차였다. 2년도 타지 않은 무사고 차였다. 중고차 딜러 말에 따르면 20대 젊은 남자가 호기롭게 샀다가 할부금을 갚지 못해 팔았다고 한다. 차 내부에는 발 매트부터 풋등까지 전 주인의 애정이 남아 있었다. 차량 색깔도, 내부도 마음에 쏙 들었다. 시아버지가 빨리 사라고 하신 이유를 알 것 같았다. 회사 차는 사용한 흔적을 남기지 않기 위해 노력했지만, 이 차에는 마음껏 영역 표시를 할 수 있다. 휴대전화 거치대부터 화장지, 차량용 껌, 담요 등을 비치했다. 차에

'오칠모'라는 이름도 붙여주었다. 차 번호 앞자리가 '57(오칠)모'였다. 남편은 김 씨, 나는 이 씨, 차는 오 씨다. 우리는 성이 다른 칠모를 가족으로 받아들였다. 이제 우리는 세 식구다.

입양되고 한동안 칠모는 서울 시내만 달렸다. 매장과 집을 오가는 용도로만 사용했고, 휴무일에 마트를 가거나 외식할 때 잠깐 이용했다. 달리지 못하는 칠모에게 미안한 마음이 들었다. 언젠가 마음껏 달리게 해주겠다며 칠모를 달랬다. 매장을 정리하는 시간이 기다려졌다. 주말마다 칠모를 타고 돌아다닐 생각에 가슴이 부풀었다. 틈나는 대로 유튜브에서 국내 여행을 검색해서 홀린 듯이 구경했다. 가고 싶은 도시 이름을 얘기하며, 남편과 희망찬 휴가를 계획했다.

차는 별 생각없이 남편 명의로 등록했다. 무엇보다 남편이 차를 사고 싶어 했고, 이 차를 운전하는 것도 남편이었다.

그 선택의 결과로 칠모가 위험에 빠지게 될 줄 그때는 알지 못했다.

운수 좋은 날

어느덧 11월, 올해 안에 매장을 정리하는 게 목표였는데, 두 달밖에 남지 않았다. 창업 시장은 얼어붙었고, 무권리 매장만 거래되고 있었다. 해가 바뀌기를 기다리는 수밖에 없는 걸까? 답답한 마음에 일이 손에 잡히지 않았다.

남편과 보건증을 갱신했다. 작년에 발급받을 때 마지막이라고 생각했는데, 다시 1년이 지났다. 매장 화재 보험이 만기가 되어 새로 계약하고, 네이버 검색 광고를 시작했다. 매장이 언제 팔릴지 모르는 상황이지만 마냥 손 놓고 있을 수는 없었다. 미룰 수 없는 일들을 처리해야 했다. 아침에 출근하니 냉동실의 얼음이 다 녹아서 주방이 물바다가 되어 있었다. 주방 냉장고가 오래되어 모터가 고장 난 것이다. 고치는

데 15만 원이 들었다. 적지 않은 돈이다.

2012년에 매장을 오픈하고 9년이 지났다. 냉장고, 간판, 에어컨을 비롯하여 많은 것이 노후되었다. 언제 큰돈이 들어갈지 몰라서 불안했다. 출근 전에 매장에서 전화가 오면 가슴이 두근거렸다. 임대차 계약을 갱신할 날짜도 다가오고 있었다. 작년에는 건물주에게 사정해서 동결되었지만, 올해는 5% 인상하기로 이미 통보받았다. 반토막 난 매출에 인상된 임대료까지 감당할 생각에 스트레스는 극에 달해 있었다.

작년에 매장 근처의 부동산을 돌며 물건을 등록했다. 보이는 부동산마다 들어가서 매장 명함을 내밀었다. 스무 군데 정도의 부동산을 돌았지만, 매장을 보러 두어 팀만 다녀갔다. 계약 직전까지 간 적도 있었는데, 매수인이 마지막에 권리금을 후려쳐서 계약이 무산되었다. 그 뒤로도 부동산에 틈틈이 연락했지만 보러 오는 사람이 없다는 말뿐이었다. 잠실새내역 상권의 권리금은 하루가 다르게 떨어졌다. 결단이 필요했다. 오빠를 힘들게 설득해서 우리가 들어올 때의 반의반 가격으로 내놓았다. 적자를 내면서 서서히 침몰하느니 빨리 털고 나오는 게 낫다고 판단했다.

11월 1일, 부동산 중개인에게 연락이 왔다. 오후에 손님과 매장을 보러 오겠다고 했다. 거리두기가 완화되는 시점이었다. 느낌이 좋았다. 예비 매수인은 군산에서 돼지곱창집을 운영하고 있다고 했다. 서울에 진출하여 프랜차이즈 사업으로 확장하려는 계획을 갖고 있었다. 최선을 다해 매장을 브리핑했다. 그리고 이틀 뒤, 권리금의 10%가 계약금으로 입금되었다. 예쁜 감옥을 탈출할 때가 왔음을 직감했다.

마지막 관문은 건물주였다. 80세 할아버지는 건물 꼭대기 층에 살았다. 벨을 누르고 공손하게 기다렸다. 몇 달 전 누수 문제로 방문한 뒤로 처음이었다. 매서운 눈매의 건물주 할아버지가 뒷짐을 지고 모습을 드러냈다. 긴장되어 침을 꿀꺽 삼켰다. 매장을 양수할 사람이 나타났다고 하자 할아버지는 임대료를 15% 인상하겠다고 했다. 청천벽력이었다.

이번에는 10%만 인상하고, 5%는 1년 있다가 올리라고 사정했다. 이대로는 계약이 무산될지도 몰랐다. 이번 기회를 놓치면 또 1년을 기다려야 할지 모른다. 눈물이 날 것 같았다. 보다 못한 할머니가 할아버지를 같이 설득했다. 할아버지는 아무 대답 없이 방으로 들어가셨다.

일주일 뒤, 부동산 중개인과 매수자, 건물주 노부부, 오빠와 마주 앉았다. 건물주 할아버지는 몇 가지 특약을 내걸었고, 매수자는 이 조건을 받아들였다. 보증금은 동일하게, 임대료는 10% 인상하는 것으로 계약서를 작성했다. 그동안 쉽지 않았던 건물주 할아버지였지만, 마지막에는 한발 양보해 주셨다. 매수자는 그 자리에서 건물주에게 보증금을 입금했다. 그리고 며칠 뒤, 권리금 잔액이 입금되었다. 계약이 완벽하게 성사되었다.

이제 매장 정리만 남았다. 갱신한 화재 보험을 철회하고, 더 이상 추가 발주를 하지 않았다. 선결제한 손님들에게 연락해서 환불해줬다. 나 몰라라 하고 떼어먹고 싶지 않았다. 주방이모와 홀 직원에게 매장 매매 소식을 알렸다. 미리 언질을 주었던 터라 직원들은 담담히 받아들였다. 사실 직원들은 일이 없어서 그전부터 그만두겠다고 했는데, 곧 매장을 정리한다며 우리 쪽에서 사정하고 있던 상황이었다. 이제 질척거리며 직원들의 바짓가랑이를 붙잡지 않아도 된다.

계약서를 쓰고 열흘 뒤, 마지막 영업을 했다. 단골손님들이 어찌 알았는지, 연이어 매장을 방문했다. 덕분에 재고를 모두 소진하고, 평일 최고 매출을 올렸다. 운수 좋은 날이었다. 밤 10시, 마지막 손님이 나갔다. 포스기 전원을 종료하고, 유리문을 잠그고, 블라인드를 내렸다. 마침내 9년간의 영업이 끝났다.

그다음 날은 처음이자 마지막으로 직원 회식을 했다. 매장을 비워둘 수 없기에 한 번도 직원들이 한자리에 모이지 못했다. 오픈 때부터 9년을 함께한 중국인 주방이모에게 마음이 쓰였다. 성격이 좋고, 항상 웃어서 모든 직원과 잘 지냈다. 오전 이모들이 수시로 바뀔 때, 오후 타임을 맡아서 묵묵히 자리를 지켜준 분이었다. 매장 영업의 1등 공신이었다. 그날 놀라운 사실을 알게 되었는데, 중국 이모는 상하이에 집이 세 채나 있다고 했다. 그동안 한국에서 번 돈을 고스란히 모은 것이다. 우리 중에 제일 부자였다.

직원들과 회식까지 끝내고 나니 긴장이 풀렸다. 매장에서 보냈던 시간이 주마등처럼 스쳤다. 홀 서빙이 서툴러서 새로 산 신발에 국물을 쏟은 일, 손님이 나간 뒤 계산이 잘못된 걸 알고 한참을 따라갔던 일, 매달 주차장 맨홀 뚜껑을 열고 수도 계량기를 확인하던 일, 주차 문제로 앞집과 실랑이를 벌였던 일, 음식이 잘못 배달되어 택시를 타고 재배송을 갔던 일 등등. 매장에서는 매일 새로운 일이 일어났고, 나는 매장에서 세상을 배웠다. 당황해도 침착해 보이는 방법을 터득했고, 필요하면 굽실거리기도 했다. 도망치고 싶을 때도 있었지만 도망치지 않았다. 여기까지 온 스스로가 대견했다.

지난 1년간은 일이 힘들기도 했지만 경제적으로도 불안정했다. 그동안 내 월급은 들쭉날쭉했다. 매장 책임자인 나는 거래처 대금과 직원 급여 등을 처리하고 난 뒤에 남는 돈을 가져갔다. 그래서 매달 수입이 일정치 않았다. 매출이 손익분기점을 넘지 못하면 월급을 못 가져간다는 생각에 불안했다. 회사원인 남편에게는 입버릇처럼 사업할 생각은 절대

하지 말라고 했다. 남편은 자신이 사업할 깜냥이 되지 않는다며 나를 안심시켰다.

어느덧 결혼 3년 차. 남편이 있고, 집이 있고, 차가 있다. 매장을 정리하면서 시간적으로 여유도 생겼다. 이제는 내가 바랐던 소박한 것들을 누릴 수 있다. 점심시간에 점심을 먹고, 저녁시간에 저녁을 먹는 평범한 일상이 그리웠다. 명절에도 영업할지, 가족과 시간을 보낼지 고민하지 않아도 된다.

지난 몇 년간 주말 없이 일하면서 백수가 될 날을 기다렸다. 인생에는 노동 총량의 법칙이 있다는 믿음으로 버텼다. 몇 달 정도는 아무 생각 없이 쉬고 싶었다. 친구도 만나고, 책도 실컷 읽고, 뮤지컬도 보고, 밀린 드라마도 정주행할 것이다. 집에서 요리도 해 먹고, 멀리 외식도 하러 가고, 주말마다 드라이브를 다닐 것이다. 남들 사는 것처럼 그렇게 말이다.

남편의 퇴사

남편은 광고대행사의 팀장이다. 이커머스 회사의 마케팅을 담당하고 있다. 매일 오전 9시 전까지 광고주에게 리포트를 보내야 해서 오전 8시까지 출근한다. 야근까지 하면 하루에 12시간 근무하는 날도 많다. 주말에도 광고 세팅을 한다며 밤 12시에 노트북 앞에서 스탠바이를 했다.

입사 3년 차에게 주어지는 일주일의 휴가 기간에도 남편은 집에서 일을 했다. 호주 출장을 같이 갔을 때는 숙소에서 원격 근무를 했다. 그래도 남편은 별말 없이 해냈다. 그렇게 꾸역꾸역 해내면 일만 늘어난다고 조언했지만 소용없었다. 남편은 한결같이 성실했다. 나는 그런 남편을 '호구'라고 놀렸지만, 한편으로는 대단하다고 생각했다. 나에게는 없는 은근과 끈기의 미덕이었다.

연애할 때 남편은 회사 얘기를 잘 꺼내지 않았다. 그런 점이 마음에 들었다. 예전 남자 친구는 회사에서 받은 스트레스를 구구절절 얘기했다. 얘기를 들어주다 보면 내 얘기를 할 틈이 없었다. 나도 스트레스를 풀고 싶은데, 남자 친구의 기분을 먼저 살펴야 했다. 하지만 남편은 퇴근 후에 업무와 완벽히 분리되는 것 같아서 좋았다. 남편은 대체로 평온한 감정을 유지했다. 회사에서는 별명이 '보살'이라고도 했다.

해가 거듭되면서 남편이 담당한 광고주의 광고 요청이 몇십 배 늘어났다. 광고 집행비가 10억 원에서 100억 원, 500억 원으로 늘어나면서 남편은 여유를 잃어갔다. 회사 전체 매출의 80%가 남편 팀에서 나온다고 했다. 10명이 훌쩍 넘는 팀원들은 돌아가면서 휴가를 썼고, 남편은 팀원들의 빈자리를 부지런히 백업해야 했다. 남편은 녹초가 되어 돌아왔다.

코로나가 심해지면서 남편의 회사에서 확진자가 나왔다. 그 뒤로도 확진자 동선이 겹쳐서 노트북을 싸서 집으로 오는 일이 여러 번 있었다. 두어 달 뒤, 남편의 근무 형태가 재택

근무로 변경되었다. 남편은 회사에서 가져온 짐을 부엌 식탁에 부렸다. 노트북과 모니터, 키보드, 마우스를 세팅하고 영역 표시를 했다. 택배를 뜯거나 상을 차릴 때 사용하는 나의 작업 공간이 침범당했다. 하지만 그 정도는 양보할 수 있었다.

그러던 어느 날, 우리는 사소한 일로 다투었다. 작고 소중한 나의 주휴일에 냉장고 문을 열다가 충격을 받았다. 노란색 노끈 같은 게 내 허리 아래까지 올라와 있었다. 이게 뭔가 싶어 따라가 보니 야채 칸에서 양파 싹이 자라 있었다. 냉장고를 자주 열어보지 않은 게 화근이었다.

야채 칸에는 썩은 양파와 감자가 나뒹굴었다. 심란한 마음으로 냉장고 안의 식재료를 모조리 꺼냈다. 유통기한이 지난 잼부터 곰팡이가 핀 소스까지 가관이었다. 한참을 달그락거리며 냉장고 정리를 하는데, 모니터만 보고 있던 남편이 힐끗 쳐다보며 한마디 던졌다.

"도대체 언제 끝나?"

미간을 찡그리며 짜증을 내는 남편이 낯설었다. "쉬는 날에도 고생하네" 같은 다정한 말을 기대했던 나는 어이를 상실했다.

"그럼 도대체 냉장고를 언제 정리해! 나는 뭐 쉬는 날 집안일 하고 싶은 줄 알아? 시끄러우면 작은방 들어가서 일하면 되잖아!"

빽 소리를 질렀다. 놀란 남편이 누그러진 말투로 한발 물러섰다.

"알았어. 내가 작은방으로 갈게."

그 뒤로 매주 월요일이면 남편은 작은방, 나는 안방으로 활동 영역을 나누었다. 서로 신경을 건드리지 않으려고 애썼다. 남편은 12시부터 1시까지 낮잠을 잤다. 밥 먹고 자라고 해도, 밥보다 잠이 더 좋다고 했다. 남편이 낮잠을 자는 시간에는 TV를 끄고 조용히 있어야 했다.

월요일마다 남편이 일하는 모습을 지켜보았다. 그는 서서히 변해가고 있었다. 떨어진 볼펜을 주우면서도 씩씩거렸고, 땅이 꺼질 듯 한숨을 깊게 내쉬었다. 스트레스를 받았다며 저녁마다 술을 마셨다. 재택근무를 시작하고 반년이 지날 무렵, 남편이 회사를 그만두고 싶다고 했다. 그의 표정을 보니 진심이었다. 덜컥 겁이 났다. 나까지 매장을 정리하고 나면 둘 다 백수다.

남편은 더 나아가 정신과 상담을 받아보고 싶다고 했다. 최근 상사가 바뀌었는데, 숨이 막힐 것 같다고 했다. 상사는 팀원들에게 MBTI 결과지 제출을 요구했다고 한다. 직원들의 성향을 이해하기 위해서라는 명목이었다. 남편의 상사는 책으로 리더십을 배운 사람 같았다. 새로 온 상사는 부하직원들을 쉽게 믿지 않았고, 보고를 위한 보고서를 요구했다. 쓸데없는 일이 늘어나자 남편의 근무 시간은 더 길어졌다.

어느 월요일, 남편이 낮잠을 자면서 잠꼬대를 했다. 곧이어 또르르 흐른 눈물이 베개를 적셨다. 상황이 심각해 보였다. 대기업에서 극단적인 선택을 한 직장인의 기사가 떠올랐다. 이러다 사람 하나 잡는 건 아닌가 겁이 났다. 주말에도 못 쉬고 매장에 나오게 했던 것도 마음에 걸렸다. 남편은 번아웃이 온 것 같았다. 이 회사에 몸담은 지 4년 반이 지났고,

내년이면 마흔이었다. 한번 쉬어갈 타이밍이었다. 남편에게 당장 그만두라고 했고, 그는 이해해줘서 고맙다고 했다.

9월에 퇴사 면담을 한 남편은 4개월이 지나서야 회사를 정리했다. 마음 약한 남편은 회사에 질질 끌려갔다. 남편은 'No'를 모르는 사람이었다. 미뤄지던 남편의 퇴사 일이 12월 31일로 잡혔다. 내가 매장을 정리하고 한 달이 훌쩍 지난 후였다.

앞으로 뭘 하고 싶은지 조심스럽게 물었다. 남편은 아무 것도 하고 싶지 않다고 했다. 광고 쪽 일은 학을 뗐다며, 새로운 일을 하고 싶다고 했다. 남편은 이메일과 전화, 사람한테 받는 스트레스에 질려 보였다. 혼자 하는 일을 원하는 것 같았다. 취미로 배웠던 목공 일에 관심이 있다고 했다. 집을 짓는 목수를 대목수라고 하고, 가구나 문 등을 제작하는 목수를 소목수라고 하는데, 남편은 소목수가 되고 싶다고 했다. 신혼집에도 남편이 결혼 전에 만든 서랍장과 스툴, 휴대전화 거치대가 포진해 있었다. 재능이 있어 보였다.

"그걸로 당장 월급만큼의 수익을 낼 수 있을까?"

"아니, 당장은 어렵지. 실력을 연마해야지."

"그럼 우리 뭐 먹고살지?"

"쉬면서 생각해보자."

"그래, 둘 다 팔다리 멀쩡한데 뭐라도 할 일이 있겠지."

우리는 그렇게 비슷한 시기에 백수가 되었다. 남편 회사의 문화생활비 혜택을 받았던 호캉스, 책 구매, 뮤지컬 관람 같은 것들을 이제는 사비로 즐겨야 한다. 직장 의료보험의 혜택도 받지 못한다. 곧 국민건강보험공단의 우편물이 도차할 것이다.

백수 부부의 화이트 크리스마스

매장을 정리하고 백수가 되었다. 폐업과 관련된 여러 업무가 남아 있긴 했지만, 그 정도는 가뿐했다. 폐업 신고를 하고, 영업 허가증을 양도하고, 직원들의 마지막 급여와 퇴직금을 처리했다. 거래처의 결제 대금을 정산하고, 폐업 부가세 신고를 했다. 낮 시간에는 남편이 작은 방을 쓰고, 나는 부엌 식탁에서 업무를 처리했다. 그는 점심을 거르고 낮잠을 잤고, 나는 그동안 못 챙겨 먹은 밥을 먹었다. 한끼도 놓치고 싶지 않았다.

　매장 근무의 후유증으로 밥에 대한 집착이 생겼다. 매장에서는 손님이 끊기는 시간이 밥을 먹는 시간이다. 보통은 오후 3시에 먹었고, 바쁜 날은 오후 5시에 먹기도 했다. 컵라면을 끓이거나 자장면을 주문하면 손님이 들어왔다. 자영업자 카페에서는 '손님이 들어오기를 원하면 라면을 끓이면 된다'는 농담까지 있다. 면 요리는 세상 귀한 메뉴였다. 대개는 밥과 반찬을 구석 테이블에 가져다 놓고, 오며 가며 한 숟갈씩 먹었다. 정 급할 때는 미역국에 밥을 말아 먹거나 주먹밥을 만들어 한 알씩 입에 넣었다. 점심을 먹지 않으면 현기증이 나서 억척스럽게 먹었다.

끼니를 대충 때우고 나면 퇴근 후에는 식욕이 당겼다. 하지만 영업 시간 제한 때문에 그마저도 쉽지 않았다. 매장을 마감하고 나면 다른 식당도 문을 닫은 후였다. 영업 시간이 오후 10시까지 연장되었을 때는 누구보다 기뻤다. 손님이 일찍 끊기는 날을 기다렸다가 서둘러 마감을 하고, 매장 근처에서 저녁을 먹었다. 솥뚜껑 위에서 지글지글 익는 삼겹살은 보는 것만으로도 힐링이 되었다. 시계를 흘끔거리며 폭풍 흡입을 했다. 체할 것 같은 외식을 몇 번 하고 나자, 그마저도 포기가 되었다.

매끼가 전쟁이었던 시절이 지나가고, '저녁이 있는 삶'과

'잃어버린 주말'을 찾았다. 오랫동안 방치되어 있던 냉장고를 정리하고, 신선한 식재료를 채워 넣었다. 냄비를 꺼내 국과 찌개를 끓이고, 프라이팬에 기름을 두르고, 안 쓰던 그릇을 꺼내 플레이팅을 했다. 오랜만에 요리를 하니 설거지마저 즐거웠다. 주말에는 외식을 했다. 1시간 동안 꼭꼭 씹어 먹는 느긋한 식사를 하니 삶의 여유가 느껴졌다. 이게 뭐라고 행복했다.

식탐을 해소한 후에는 여행으로 눈길을 돌렸다. 길게 여행할 수 있는 절호의 기회였다. 남편의 퇴사 날짜만 나오면 바로 출발할 수 있었다. 한 달 먼저 백수가 된 내가 주도적으로 여행을 계획했다. 노트북 화면에 대한민국 지도를 띄웠다. 강원도나 부산 등의 동쪽은 지명이 익숙하지만 서쪽은 잘 몰랐다. 서산에서 시작해 목포를 거쳐 여수를 찍고 오는 것으로 여행 루트를 잡았다. 차가 있으니 교통편은 걱정할 필요가 없었고, 숙소는 숙박 앱으로 쉽게 예약했다.

크리스마스이브에 남편이 마지막 출근을 했다. 오전 근무를 끝내고 돌아온 남편과 6박 7일 겨울 여행을 떠났다. 크리스마스 휴가이자, 퇴사 여행이자, 2021년 결산 여행이었다. 그동안 서울 시내에서 속도를 내지 못했던 칠모를 한산한 국도에 풀어주었다. 서산에 도착하니 눈이 내려서 낭만적인 분위기가 연출되었다. 내가 사랑하는 간장게장을 먹고, 작은 케이크를 사서 숙소에서 크리스마스 파티를 했다. 돈 많은 백수가 된 것처럼 느긋한 밤을 보냈다.

여행 둘째 날에도 눈이 쏟아졌다. 화이트 크리스마스였다. 기어이 오래 남는 여행이 되라고 하늘에서 선물을 보내주는 것 같았다. 아무도 밟지 않은 해미읍성의 눈밭에 첫발을 내디뎠다. 세상이 온통 하얗고, 풍경마저 고즈넉해서 현실감이 없었다. 둘만 남겨진 기분이었다.

'우리 부부는 이렇게 속세를 떠나게 되는 걸까?'

문득 앞날이 걱정되었다. 둘 다 어디에도 속하지 않은 상태다. 마냥 즐거울 수만은 없는 나이다. 그래도 긍정적으로 생각하기로 했다. 모아놓은 돈과 남편의 퇴직금으로 몇 달은 버틸 수 있을 것이다. 일단 잘 놀자. 지금 이 순간은 다시 오지 않으니까.

우리는 여행 운이 좋은 편이었다. 군산으로 넘어오니 눈이 내리지 않았다. 금강 하구의 신성리 갈대밭에 갔다. 10만여 평이 넘는 거대한 갈대밭을 걸으니 우리가 얼마나 작은 존재인지 느껴졌다. 20대였다면 세상 재미없는 곳이었을 텐데, 나이가 들었는지 자연이 주는 느긋함이 좋았다. 중년 부부가 된 것 같았다.

다음 날은 목포로 넘어갔다. 해상 케이블카를 타고 반대편에 내리니 눈이 소복이 쌓인 산이 나타났다. 나는 등산을 좋아하지 않는 데다가 설산은 처음이었다. 이번 여행의 첫 번째 난관이었다. 남편과 서로를 의지하며 몇 번을 미끄러진 끝에 전망대 꼭대기에 도착했다. 눈보라가 휘몰아치는 전망대에 남편과 둘이 있으니 영화 속의 고립된 주인공이 된 것 같았다. 나는 두 팔을 벌렸고, 남편이 등 뒤로 와서 자연스럽게 내 허리를 감쌌다. 일명 '타이타닉' 포즈다. 사진을 찍는 대신 이 자세를 10초간 유지하며, 눈 앞에 펼쳐진 절경을 가슴 깊이 간직했다.

여행 넷째 날, 오후에 도착한 여수 숙소에서 문제가 생겼다. 숙소가 사진과 너무 달랐다. '여인숙'이라고 부르는 게 더 어울려 보였다. 침대는 딱딱했고, 화장실의 비누와 휴지는 사용감이 있었다. 카운터에 항의하니 저녁을 먹고 오면 뜨끈할 거라고 했다. 하지만 저녁을 먹고 온 뒤에도 방은 썰렁했다. 2박을 예약한 숙소라서 실망은 두 배로 컸다. 분노의 캐리어를 끌고 카운터로 내려갔다. 한참의 실랑이 끝에 다음 날 숙박비를 환불받는 것으로 마무리했다.

이날의 소동으로 나는 숙소에 대한 태도를 바꿨다. 하루의 반 이상을 보내는 숙소는 단순한 휴식 공간이 아니라 여행의 일부였다. 마음에 들지 않는 숙소는 우리의 여행을 초라하게 만들었다. 서둘러 다시 예약한 숙소는 내 마음을 풀기에 충분했다. 숙박비는 두 배로 들었지만, 의미 있는 결정이었다.

전날의 숙면 덕분에 여행 다섯째 날은 여수를 온전히 즐길 수 있었다. 해상 케이블카를 타고, 오동도를 가고, 향일암을 올랐다. 2만 보가 넘는 강행군으로 지친 몸을 이끌고 호텔로 돌아왔다. 거북선 대교와 케이블카가 만들어내는 멋진 야경을 통유리창으로 감상했다. 창가에서 맥주를 마시며 케이블카가 운행을 중단하는 시간까지 여수 밤바다를 감상했다. 좋은 숙소가 여행의 고단함을 달래주었다.

여섯째 날부터는 체력의 한계가 왔다. 호기롭게 떠난 일주일 여행이었지만, 나이를 무시할 수 없었다. 잠자리가 바뀌니 밤에 뒤척였고, 몸이 여기저기 쑤셨다. 따뜻한 집이 그리웠다. 마지막 여행지에서는 크게 욕심내지 않고, 하루 세 끼를 챙겨 먹는 것으로 만족했다.

여행 마지막 날 아침에는 서울에 갈 생각에 일찍 눈이 떠졌다. 콧노래를 부르며 짐을 쌌다. 휴게소도 들르지 않고 집으로 직행했다. 스위트 홈이 우리를 반겨주었다. 집에서 끓여 먹는 라면은 여행지의 12첩 반상만큼 맛있었다. 캐리어에 가득 찬 빨랫감을 꺼내서 세탁기를 돌리고, 내 몸의 곡선을 기억해주는 메모리폼에서 낮잠을 잤다. 떠날 때는 설레고, 돌아오니 더 좋았다.

3부

신혼, 잔치는 끝났다

제주에서 2주 살기

크리스마스 여행을 다녀오자마자 다시 떠날 계획을 짰다. 너 멀리, 너 오래 가기로 했다. 이번 여행에는 한 사람이 추가되었다. 엄마다. 엄마는 여행을 좋아한다. 산악회 회장도 하고, 주말마다 친구들을 모아서 여행을 다니셨다. 하지만 엄마도 나처럼 매장에 발이 묶였다. 코로나 때문에, 매장 근무 때문에 엄마는 2년 넘게 여행을 다니지 못하셨다. 그동안 고생한 엄마에게 여행의 한을 풀어줄 수 있는 좋은 기회였다. 남편과 나, 엄마가 동시에 백수인 타이밍은 몇 년에 한 번 올까 말까다.

엄마에게 제주도 여행을 같이 가자고 하니 처음에는 거절하셨다. 둘이서 오붓하게 다녀오라고 하셨다. 엄마의 마음

133

을 돌리려고 지금이 아니면 칠순에나 이런 기회가 있을 거라고 꼬셨다. 하루 이틀 망설이던 엄마는 "에라, 모르겠다. 그럼 염치없지만 따라갈게"라며 여행에 합류했다.

이번 제주 여행은 숙소 예약에 공을 들였다. 좋은 숙소가 좋은 여행을 만든다는 지난 여행의 교훈을 반영했다. 항공권을 예매하고, 렌터카를 예약하는 것으로 13박 14일의 여행 준비를 간단히 끝냈다. 제주도는 잘 아는 편이었다. 서른네 살에 제주시 원룸에서 세 달간 살았다. 그때의 경험은 제주에 갈 때마다 유용하게 쓰인다.

항공권 요금이 가장 싼 월요일 새벽에 김포 공항에서 출발했다. 2년 만의 비행이었다. 점심은 월정리의 한 식당에서 먹었다. 흑돼지 돈가스, 딱새우 로제 파스타, 알리오 올리오 등 제주의 식재료가 풍부하게 들어간 메뉴를 골랐다. 맛있다며 폭풍 흡입하는 엄마를 보니 뿌듯했다. 펜션에 체크인을 하고, 동네를 한 바퀴 산책했다. 제주 돌담이 정겹다. 저녁은 해녀촌에서 모둠회를 포장해와서 먹었다. 새벽 비행기를 타고 오느라 피곤해서 모두 일찍 잠자리에 들었다.

여행 둘째 날이다. 첫 번째 목적지인 비자림에 도착했는데, 남편이 급한 업무가 있다며 엄마와 먼저 출발하라고 했다. 1시간이 지나도 남편은 소식이 없었다. 결국 남편은 차에서 업무를 본다며 관광을 포기했다. 표를 이미 끊어 놓은 후였다. 슬슬 짜증이 났다. 어제부터 남편의 태도가 묘하게 거슬렸다. 운전할 때 말이 없는 편이긴 하지만, 이번 제주 여행에서 남편은 유독 말이 없었다.

그날 저녁, 남편과 나도 얘기를 나눴다.

"도대체 왜 그래? 엄마 모시고 와서 불편해서 그래? 처음부터 싫다고 하지 그랬어. 왜 이제 와서 그러는데?"

"그런 거 아니야. 회사에서 자꾸 연락이 와서 그래. 장모님하고 같이 온 거 하나도 안 불편해."

남편의 말을 듣고 누그러졌다. 내가 예민한 걸 수도 있었다.

여행 3일째 되던 날, 사건이 터졌다. 성산 일출봉에 도착했을 때였다. 엄마가 화장실을 간 사이에 남편이 쭈뼛거리며 말했다.

"나 용돈 좀 가불해줄 수 있어? 6개월 치 정도."

"그게 무슨 소리야? 돈 필요해?"

"카드값이 많이 나왔어. 내일까지 입금하라고 전화왔어."

남편은 생각지도 못한 말로 나를 놀라게 했다. 타이밍도 최악이었다. 왜 하필 지금, 제주에서, 엄마가 있을 때 카드 대금 연체를 고백하는 걸까? 성산 일출봉을 오르면서 돈을 어디에 썼는지 추궁했다. 남편은 대답을 회피하고 자꾸 얼버무렸다. 성산 일출봉 정상에서 내 짜증은 극에 달했다. 숙소로 돌아갈 때까지 참아야 했다. 흑돼지 버거를 먹으면서도, 레일 바이크를 타면서도, 갈치조림과 성게 미역국을 먹으면서도 마음이 불편했다. 모든 일정을 마치고, 엄마를 호텔 방에 모셔다드리고 난 후에 남편과 대면했다.

남편이 나 몰래 신용카드를 만들었다고 했다. 언제부터냐고 물으니 3개월 전이라고 했다. 카드 명세서를 보여주면 갚아주겠다고 하니, 삭제해서 없다고 했다. 수상했다. 여자가 생겼냐고 하니 아니라고 했다. 최근 문자 내역을 보니 사채업자에게 대출 상담을 받은 기록이 있었다. 나가서 전화를 받을 때부터 수상했다. 언제까지 비밀로 할 생각이었냐고 물으니, 말하려고 했다고 한다. 카톡 내역을 확인하려고 하니 남편이 화를 내며, 잡아채듯 휴대전화를 가져갔다.

"서울 올라가면 아르바이트해서 갚을게."

생각보다 당당해서 어이가 없었다. 남편은 바닥에서 자겠다고 했다. 나는 아무 말도 하지 않았다.

다음 날 아침, 눈을 떠보니 남편이 내 옆에서 자고 있었다. 바닥이 차가웠는지 슬그머니 침대로 올라온 것 같았다. 한심했다. 남편과 같이 일출을 보고 싶지 않아서 엄마 방으로 갔다. 성산 일출봉이 잘 보이는 숙소였다. 떠오르는 해를 기다렸지만 구름 때문에 보이지 않았다. 희망찬 새해가 며칠 지나지도 않았는데, 절망감을 느꼈다. 나의 어두운 표정을 눈치채고 엄마가 물었다.

"너 김 서방하고 싸웠니?"

눈물이 주르륵 흘렀다. 엄마의 마음이 불편할까 봐 혼자서 해결하려고 했는데, 말하지 않고는 견딜 수 없을 것 같았다. 남편의 카드 대금 연체와 사채업자 얘기를 하니 엄마가 나보다 더 화를 내셨다. 제발 모르는 척해달라고 했다. 엄마가 한 번 화를 내면 감당하기 힘들다. 고작 여행 4일 차인데, 여기서 남은 일정을 접고 서울로 올라갈 수는 없었다. 한참을 엉엉 울었다. 더 화가 나는 건 남편이 그 돈을 어디에 썼는지 말을 안 한다는 점이었다.

남편을 압박하기 위해 시어머니에게 전화를 걸었다. 몇 마디 주고받지도 않았는데 "혹시 우리 아들이 사고 쳤니?"라고 물으셨다. 괜찮으니 다 말하라고 하셨다.

"그이가 경제 관념이 없는 것 같아요. 카드 대금을 연체하고, 사채업자한테 돈을 빌리려고 했어요."

"아이고, 걔가 생각이 없네. 금액은 얼마나 되니?"

"300만 원 정도요."

"그래도 큰 금액은 아니네. 잘 타일러라. 그런데 네가 용돈을 적게 준 건 아니니?"

시어머니는 결국 아들을 편드는 말로 통화를 마무리하셨다. 팔은 안으로 굽는다는 걸 깜빡했다. 남편이 카드 대금을 연체한 것은 용돈을 적게 준 내 탓이다.

여행 넷째 날은 우도에 숙소를 잡았다. 엄마는 우도가 처음이라고 했다. 보말 칼국수와 소라 회, 문어 회로 아침 겸 점심식사를 했다. 땅콩 아이스크림을 먹고, 보트를 탔다. 펜션에 체크인을 한 후 남편과 밖으로 나왔다. 펜션은 복층 숙소라 엄마가 안 들리게 대화할 방법이 없었다. 차에 나란히 앉았다. 남편이 카드사의 독촉 문자를 보여주었다. 해당 계좌로 연체대금을 입금했다. 남편을 신용불량자로 만들 수는 없었다. 일상을 뒤흔들 만큼의 금액은 아니었지만, 불분명한 사용처가 마음에 걸렸다. 남편은 여전히 명확한 대답을 내놓지 않았다. 서울에 올라갈 때까지 기다려야 했다.

여행 다섯째 날, 좀처럼 여행에 집중할 수가 없었다. 하지만 시간마다 해야 할 일이 있었다. 체크아웃 시간이 다가오면 짐을 싸야 하고, 때가 되면 밥을 먹어야 했다. 예약해둔 감귤 따기 체험을 하고, 서귀포 올레 시장을 구경했다. 저녁에는 흑돼지를 먹고, 발 마사지를 받았다. 다음 날은 외돌개 절벽을 산책하고, 서귀포 잠수함을 탔다. 여행 7일 차에는 산방산 온천을 갔다. 남편과 잠시라도 떨어져 있으니 마음이 편했다. 뜨거운 탄산수로 피곤한 몸을 달래주었다. 하지만 머릿속은 여전히 복잡했다.

어느덧 여행 10일 차. 열흘이 넘어가니 여행은 일상이 되었다. 그날그날 내키는 대로 움직였다. 한라산에 가고 싶었지만 폭설 때문에 등산로가 통제되었다. 하루는 만장굴을 구경하고 일찍 숙소로 와서 호텔에서 저녁 뷔페를 먹었다. 하루는 사려니숲길과 교래자연휴양림을 걸었다. 다리가 아픈 날은 해안 도로를 따라 목적지가 없는 드라이브를 했다. 여행 마지막 날에는 동문 야시장에서 이것저것 사다가 호텔 방에서 뒤풀이를 했다. 랍스터, 딱새우, 흑돼지 김치말이 삼겹살, 전복 김밥, 오징어 버터구이 등을 골고루 사다가 늦은 밤까지 먹고 마셨다. 마지막 과식이었다.

내일이면 서울로 돌아간다.

남편의 빚밍아웃

아침 7시, 제주에서의 마지막 식사로 우거지 해장국을 먹었다. 공항에서 오메기떡과 홍삼을 사고, 김포행 비행기를 탔다. 손톱깎이를 사야 할 정도로 손톱이 자라 있었다. 2주는 긴 시간이었다.

집에 도착해서 짐을 내려놓고, 동네 병원으로 갔다. B형 간염 2차 접종을 맞는 날이었다. 서울에 올라와야 하는 이유였다. 병원에서 주사를 맞으려고 대기하다가 문득 이런 게 다 무슨 소용인가 싶었다. 쉬는 동안 건강 관리를 하려고 이것저것 예약했다. 10년, 20년 뒤의 건강한 미래를 준비하고 있던 나와 달리, 남편은 현실을 뒤흔들어 놓았다.

집으로 돌아와서 노트북을 켰다. 남편에게 카드사 홈페이

지에 로그인하라고 했다. 그 큰돈을 어디에 쓴 건지 선뜻 이 해되지 않았다. 남편의 동선은 단순했다. 평일에는 재택근 무를 하고, 주말은 거의 모든 시간을 함께했다. 아무리 생각 해봐도 의심 가는 데가 없었다.

모니터에 띄워진 카드 명세서를 확인했다. 실제 사용 내역 은 없고, 현금 서비스 내역만 있었다. 수상했다. 카드의 최초 사용일을 찾아 거슬러 올라갔다. 카드는 3개월 전에 만든 게 아니었다. 몇 년 전부터 사용한 흔적이 있었다. 게다가 현금 서비스를 꾸준하게 받았다. 내가 아는 그가 아닌 것 같았다. 남편이 낯설게 느껴졌다. 도대체 무엇을 감추기 위해 현금 을 사용한 걸까?

"왜 사용 내역이 없어? 돈 어디에 썼어?"

"그냥 좀… 썼어. 미안해. 일해서 갚을게."

"어디에 썼는지 왜 말을 못 하는데. 여자라도 생긴 거야?"

"그런 거 아니야. 그냥… 밥 먹고, 커피 마시고, 술 마시는 데 썼어."

이대로 물러설 수는 없었다. 나는 그를 무섭게 몰아붙였다. 눈을 마주치지 못하고 안절부절못하던 남편은 나의 압박에 체념한 듯 입을 열었다.

"나 사실 빚이 좀 있어. 진짜 미안해. 그렇지만 이 빚은 내가 어떻게 하든 혼자 갚을게. 자기에게 떠넘기지 않을게."

"이게 다가 아니야? 얼만데?"

"사실 정확히는 나도 몰라. 지금 확인해볼게."

본인의 빚이 얼마인지 모른다는 말에 동공 지진이 일어났다. 미음의 가오를 하고, 초조하게 그를 쳐다보았다. 휴대전화로 자신의 대출 내역을 조회하던 남편은 "내가 미쳤구나, 미쳤네"라고 혼잣말을 했다. 맞다. 그는 미친 게 분명했다. 남편의 빚은 내가 해결할 수 있는 수준이 아니었다. 수백만 원인 줄 알았던 그의 빚은 억대에 달했다. 우리의 결혼자금을 합친 것보다 큰 액수였다. 그는 빈털터리로 결혼한 거나 다름없었다. 남편은 긁지 않은 복권이 아니라 부도수표였다.

상황을 정확히 파악하기 위해 남편에게 채무 내역을 정리하라고 했다. 채무 발생일, 만기일, 대출 기간, 이율, 대출 총액, 월 납입액 등을 알아야 했다. 정리하는 데 한참이 걸렸다. 착하고 검소한 줄 알았던 남편은 자기 빚이 얼마인지도 모르는 한심한 인간이었다. 엑셀로 마주한 현실은 처참했다. 남편은 현금 서비스와 소액 신용대출을 제외하고도 대출이 7개나 되는 다중 채무자였다. 이용 중인 대출의 연평균 이율은 20%가 넘었다. 누군가의 월급에 해당하는 금액을 남편은 매월 이자로 내고 있었다. 결혼 후 알뜰살뜰 돈 관리를 했던 내 노력이 통째로 부정당하는 기분이었다.

그의 채무 내역은 나를 조롱하고 있었다. 혜택이 좋은 신용카드를 만들자고 해도, 남편은 체크 카드면 충분하다며 한사코 싫다고 했다. 그의 검소함에 더욱 믿음이 갔다. 하지만 남편은 카드사별로 신용카드를 가지고 있었다. 모든 종류의 카드를 발급받아서 새로 만들 필요가 없었다. 〈유주얼 서스펙트〉급 반전이었다. 차라리 주식이나 코인에 투자했더라면 이렇게 화가 나지는 않았을 것이다. 주식이나 코인은 자산을 늘리기 위한 도전이자 노력이니까. 그의 빚은 순도 100%의 과소비였다.

남편이 못 보던 지갑을 꺼내왔다. 처음 보는 지갑에서 신용카드가 우수수 쏟아졌다. 내가 평생 발급받은 신용카드보다 많았다. 결혼 전에 건강검진표와 신용 정보 조회는 꼭 해보라는 조언을 넘겨들은 내 발등을 찍고 싶었다. '내 남편은 아닐 거야'라는 믿음은 보기 좋게 배신당했다. 사기 결혼을 당한 것 같아 자괴감이 들었다.

신혼집을 마련하면서 서로의 경제 사정을 공개했다. 우리의 급여와 동징 진고는 비슷한 수준이었고, 자연스럽게 자산을 합쳤다. 집 계약금은 모아둔 돈으로 해결하고, 신용대출과 주택담보대출을 받아서 잔금을 치렀다. 결혼 첫 달부터 원리금을 상환해야 했다. 우리는 경제 공동체가 되었고, 통장 관리는 내가 맡아서 했다. 남편은 빡빡한 출금 스케줄을 잘 챙기지 못했다.

놓친 결제일은 없는지 통장을 자주 확인했다. 도시가스 요금, 전기 요금, 수도 요금 등의 공과금을 처리하고, 카드 결제일, 대출 원리금 상환일을 챙기다 보면 한 달이 금세 지나갔다. 관리비나 재산세, 토지세 등의 낯선 지출도 종종 등장

했다. 설과 추석, 어버이날, 양가 부모님 생신, 조카들 용돈, 지인들의 경조사까지 챙기다 보면 거의 매달 추가 지출이 발생했다. 결혼하고 나니 돈 쓸 일이 두세 배로 늘어났다. 정신을 바짝 차려야 했다.

대출금을 빨리 갚고, 여윳돈을 마련하고 싶었다. 대출금 이자가 아까웠다. 돈을 더 벌긴 힘드니 지출을 줄여야 했다. 아낄 수 있는 건 아끼려고 노력했다. 유명 브랜드 대신 인터넷 쇼핑몰에서 화장품을 사고, 외식 대신 집밥을 먹었다. 운동은 홈트레이닝으로 대체했다. 옷은 거의 사지 않았고, 양말과 속옷만 주기적으로 샀다.

남편은 회사에서 돈 쓸 일이 없다며, 자발적으로 용돈을 삭감했다. 옷도 입는 옷만 입었고, 크게 물욕이 없었다. 나는 순진하게도 남편이 돈에 관심이 없는 줄 알았다. 내가 틀렸다. 남편은 돈에 관심이 없는 게 아니라 넉넉하게 쓸 돈이 있었던 것이다. 돈에 관심이 없는 사람은 없다.

결혼 후에 우리의 자산이 증식하고 있다고 믿었다. 눈으로 보기에 대출금은 줄어들고, 통장 잔고는 쌓이고 있었다. 이

만하면 잘살고 있다고 생각했는데, 갑자기 벼랑 끝으로 내몰렸다. 통장 잔고를 다 털고, 받을 수 있는 대출을 다 받아도 해결할 수 없는 거대한 빚이 생겼다. 남편은 자신의 힘으로 해결하겠다고 했지만, 결국은 같이 짊어져야 한다. 남편의 빚을 갚다 보면 나의 40대는 초라해질 것이다.

남편의 빚밍아웃은 나에게는 리먼 브라더스 사태만큼 충격적이었다. 견고하다고 믿었던 우리의 신혼집은 해일에 흔적도 없이 사라질 세상누가이었다. 더 큰 문제는 둘 다 백수라는 사실이었다. 나갈 돈은 많은데, 들어올 돈은 없는 상태였다.

남편은 바보 멍청이가 분명했다. 어쩌자고 대책 없이 퇴사를 하고, 어쩌자고 여행을 다녀온 건가 싶었다. 화가 나고, 슬프고, 가슴이 꽉 막혀서 숨이 잘 쉬어지지 않았다. 자다가도 벌떡 일어났다. 화병이 이런 건가 싶었다. 나의 우주가 흔들렸고, 내 인생이 이대로 멈춰버릴 것 같았다.

그때 나는 우리의 신혼이 끝났다는 걸 깨달았다. 결혼 생

활을 유지할 수 있을지도 장담할 수 없는 상황이었다. 결단

을 내려야 했다. 망설이다가 휴대전화를 들었다.

시댁에 이 사실을 알리기로 했다.

전지적 K 시점

K는 어린 나이에 집에서 나왔다. 열일곱 살 때부터 기숙사 생활을 하고, 스무 살 때부터 서울에서 사뤄를 했다. 사촌 형집에 얹혀살다가, 하숙집 생활을 했다. 고시원에서도 살다가 가락동의 원룸에서 마지막 총각 시절을 보냈다.

K는 스물일곱 살에 취직했다. 처음으로 경제적 자유를 누리면서 그의 씀씀이는 커졌다. 대학 동기들과 후배들을 만나면 으레 K가 술을 샀다. 잘나가는 직장인 코스프레를 했다. 실상 광고대행사의 신입사원 월급은 얼마 되지 않았고, K는 버는 대로 다 썼다. 통장 잔고는 매달 0원이었고, 늘 돈이 부족했다.

그러다가 신용카드에 눈을 뜨게 되었다. 체크카드만 쓰던 그에게 신용카드는 신세계였다. 일단 쓰고, 결제는 할부로 했다. K는 절제력을 잃어갔다. 매달 얼마를 쓰는지도 모른 채로 카드를 긁었다. 정신을 차려보니 카드 대금이 눈덩이처럼 불어나 있었다. 버는 돈보다 나가는 돈이 많았다. K는 겁이 났다.

카드 결제일이 다가왔다. 카드 대금을 내야 하는데 수중에 돈이 없었다. 이번에는 현금 서비스가 K의 눈에 들어왔다. 누구에게도 알리지 않고, 당장의 위기를 모면할 수 있는 쉽고 빠른 방법이었다. 여기서 K는 첫 번째 실수를 했다. 그는 제1금융권에서 직장인 신용대출을 받는 방법을 생각해야 했다. 하지만 방문 심사 없이 출금할 수 있는 현금 서비스에 손을 댔다. 빚의 서막이었다.

K는 그때라도 정신을 차렸어야 했다. 하지만 한번 늘어난 씀씀이를 줄이는 건 쉽지 않았다. 이미 그에게는 허세가 배어 있었다. K는 수입에 맞지 않는 생활을 즐겼다. 빚이 있다는 사실을 망각하고, 유흥에 빠졌다. 부모님은 대전에 계셨고, 그를 터치하는 사람은 없었다. 서울에서 혼자 사는 이십 대

남자에게 유혹은 많았다. 그는 내일이 없는 것처럼 살았다.

다시 카드 결제일이 다가왔다. 그에게는 여전히 돈이 없었다. 위기에 빠진 그는 '쉽고 빠른 모바일 대출', '하루 만에 입금 완료'와 같은 대부업체의 TV 광고에 흔들렸다. 대출 말고 해결책은 없어 보였다. K는 그렇게 홀린 듯이 대부업체에 연락했다. 그는 위험한 방법으로 일상을 되찾았다. 처음이 어렵지 두 번째는 쉬웠다. 어느새 그에게 대출은 습관이 되었다.

K는 흥청망청 돈을 썼다. 돈을 빌기 위해 회사를 다니는 건지, 돈을 쓰기 위해 회사를 다니는 건지 모를 정도였다. 월급으로는 도저히 씀씀이를 감당할 수 없었다. 빚을 내어 빚을 갚았다. 소위 말하는 '대출 돌려 막기'를 했다.

직장 생활 3년 차에 K에게는 3,000만 원의 빚이 생겼다. 매달 카드사와 대부업체의 빚 독촉에 시달렸다. 더 이상은 혼자 힘으로 해결할 수 없었다. 신용 불량자가 되어 사회에서 낙오될까 봐 무서웠다. K는 결국 그동안의 사정을 가족에게 털어놓았다. 성격이 불같은 아버지가 크게 화를 냈다. 결혼한 누나는 K를 한심하게 바라보았다. 어머니는 그런 K를 유일하게 감싸주었다. 호되게 혼나긴 했지만, 가족의 도움으로 K는 간신히 빚에서 벗어날 수 있었다. K는 그때 각서를 썼다.

'다시 한번 대출을 받으면 가족과의 연을 끊겠습니다.'

그 사건 이후로 K는 가족에게 신뢰를 잃었다. 어머니의 말씀에 따라 누나가 K의 급여 통장을 관리했다. 공인인증서와 OTP 카드를 누나에게 넘겼다. 신용카드를 결제하면 누나에게 문자메시지가 갔다.

"문자 온 거 봤는데 금액이 많네?"

K는 누나에게 회식이라고 얼버무렸다. 카드를 결제할 때마다 누나에게 일일이 해명했다. 택시비가 없어 한밤중에 전화하기도 했다. 휴대전화 너머로 잠에서 덜 깬 매형의 목소리가 들렸다. K의 잘못으로 시작된 일이었지만, 누나와 K 둘 다에게 스트레스였다. 못 할 짓이었다. 누나는 K에게 잔소리를 했고, 단돈 만 원도 마음대로 쓸 수 없는 K도 답답하기는 마찬가지였다. 그렇게 6개월이 지나자 K는 누나와 서먹해졌다. K는 앞으로 돈 관리는 스스로 하겠다고 선언했

다. 누나는 두 손을 들었고, K는 경제권을 가져왔다. 그리고 누나 집에서 멀리 떨어진 곳으로 방을 구했다.

첫 번째 사건이 발생하고 4년이 지났다. K는 광고대행사 팀장이 되었다. 완장을 달고 보니 스트레스받을 일이 한두 가지가 아니었다. 팀원들을 달래고, 임원진의 눈치를 보아야 했다. 광고주의 히스테리를 받아내는 건 주요 업무 중 하나였다. 실적에 대한 압박도 만만치 않았다. 회사 생활에 회의가 느껴졌다. 서울 생활은 팍팍했고, 퇴근 후에는 허전함이 밀려왔다. 좁은 원룸에서 한술 두 끼 먹는 것으로는 인생의 재미를 발견할 수 없었다.

K는 남의 비위를 맞추면서 쌓인 스트레스를 유흥으로 풀기 시작했다. 좋은 선배, 잘나가는 광고기획자로 어필하기 위해 술을 자주 샀다. 회사 사람들과의 관계를 유지하기 위해 돈을 썼고, 쓴 돈을 갚기 위해 일했다. 카드 대금은 충동적인 소비 생활로 빠르게 늘어갔다. 사회 초년생 시절의 실수가 되풀이되었다. 급한 대로 1,000만 원을 대출받아 카드 대금을 갚았다. 대출을 받을 때는 죄책감이 들었지만, 받

고 나면 몇 달간은 풍요로웠다. 나쁜 습관이 스멀스멀 고개를 들었다. 기존의 빚은 그대로 있고, 새로운 빚이 늘어갔다. 1,000만 원은 순식간에 2,000만 원이 되고 3,000만 원이 되었다. 매달 손바닥으로 하늘을 가렸다.

그렇게 3년이 흘렀고, K는 서른여섯 살이 되었다. 부모님이 결혼하라고 압박하면 "아직은 생각이 없어요"라고 둘러댔다. 하지만 사실 결혼할 준비가 되어 있지 않았다. K는 빚이 또 생겼다는 사실을 부모님에게 말할 수 없었다. 그러다가 아내를 만났다. 아내는 좋은 사람이었고, 놓치고 싶지 않았다. 둘 다 나이가 있어서 결혼은 빠르게 진행되었다. K는 파혼당할까 봐 두려워서 빚을 숨긴 채 결혼했다.

결혼 후에도 K의 소비 패턴은 바뀌지 않았다. 아내에게는 용돈이 충분하다고 말하고 검소한 척했다. 뒤에서는 몰래 신용카드를 썼다. 팀원들과 점심을 먹으면 K가 밥을 사고, 커피도 샀다. 저녁에 술을 마시면 K가 계산했다. 아내에게는 담배를 끊었다고 하고, 몰래 담배를 피웠다. 그는 정면으로 부딪히는 것보다 갈등을 피하는 방법을 선택했다.

K는 결혼 후에도 대출받는 것을 멈추지 않았다. 대출 이력이 많아 1금융권에서는 승인이 나지 않았다. 이름만 대면 알 수 있는 대부업체의 우수 고객이 되었다. K의 신용등급은 바닥으로 떨어졌다. 대출이 늘어날 때마다 대출 이율도 높아졌다. 빚으로 빚을 갚는 돌려막기가 계속되었다.

그러던 중 터질 게 터졌다. 받을 수 있는 신용대출을 모두 받고, 더 이상은 빌릴 데가 없는 상황까지 갔다. 하루만 더 지나면 연체 내역이 전산망에 등록된다는 죄송 동보를 받았다. 무서웠다. 더 이상은 아내에게 비밀로 할 수가 없었다. K는 최악의 타이밍에 아내에게 빚밍아웃을 했다.

성산일출봉 앞에서 아내의 표정이 굳어졌다.

K의 가면이 벗겨지는 순간이었다.

K에게는 태초에 빚이 있었고, 결혼 생활은 그 빚으로부터 시작되었다.

비상대책위원회

시어머니에게 전화를 했다. 빚의 액수를 듣고 시어머니는
더 이상 아들을 두둔하는 발언을 하지 않으셨다. "큰일 났네,
어쩌면 좋으냐?"라는 말만 반복하셨다. 뾰족한 수를 바란 것
은 아니었지만, 시어머니는 현실적인 도움을 주지 못하셨
다. 다음 날은 시아버지에게 전화가 왔다.

"며늘아, 미안하다. 내가 아들을 잘못 키웠다. 대신 사과할
게. 가족끼리 힘을 뭉쳐서 슬기롭게 해결해보자."

마지막은 남편의 누나였다. 형님의 입을 통해 총각 시절의
그에 대해 자세히 들을 수 있었다. 그는 부족함 없이 돈을 썼
다고 한다. 돈이 부족하면 시어머니에게 전화를 했고, 시어
머니는 그럴 때마다 돈을 보내주셨다. 시어머니는 다른 데

는 악착같이 아끼시면서 아들에게는 한없이 약하셨다고 한다. 시어머니는 남편에게 마르지 않는 샘물이었고, 덕분에 남편은 대학 시절 부잣집 막내아들처럼 살았다.

형님은 결혼 전에 동생에 대해 말해야 하나 고민했다고 한다. 하나뿐인 동생인데, 결혼을 못 하게 막는 건 아닐까 하는 생각에 선뜻 말하지 못했다고 한다. 형님은 동생이 물가에 내놓은 어린애처럼 불안하다고 했다. 그가 여자 친구의 가방을 사주고 생긴 빚을 형님이 갚아주었다는 얘기도 들었다. 씁쓸했다. 형님은 내가 어떤 선택을 해도 존중하겠다고 했다.

그는 경제 관념이 정립되지 않은 채로 어른이 되었고, 서른 살에 첫 번째 사고를 쳤다. 사고 수습은 고스란히 가족의 몫이었다. 그리고 남편은 반성하는 대신 진화했다. 10년 뒤, 그에게는 처음의 몇 배에 달하는 빚이 쌓였다. 이제 그의 사고를 수습하는 것은 아내인 나의 몫이다.

처음으로 시댁에 인사하러 갔을 때가 생각났다. 남편은 시댁에서 애 취급을 받았다. '다 큰 어른한테 왜 저렇게 말씀하시지?' 하는 장면이 여럿 있었다. 결혼 후에 시어머니가 의미심장한 말씀을 하셨다.

"내가 얘기했나? 쟤 예전에 카드값 못 갚아서 손 벌린 적이 있어. 그러니까 통장 관리는 네가 해."

그때는 시어머니의 말을 흘려들었다. 사회생활 초기에 실수한 거겠지라고 생각했다. 한두 달의 생활비, 많아야 400만~500만 원 정도일 거라고 추측했다. 그 정도 흑역사는 누구에게나 있다고 생각했다. 하지만 나의 이해심을 남편은 보기 좋게 이용했다.

시어머니는 아침저녁으로 전화를 하셨다. 혹시라도 내가 다른 마음을 먹을까 봐 나를 달래기에 여념이 없으셨다.

"네가 딸이었으면 당장 이혼하라고 했을 거야. 그런데 며느리라 차마 그 말은 못 하겠다. 미안하다."

남편의 빚밍아웃 후 며칠이 지났다. 넋 놓고 집에만 있을 수는 없었다. 전화로 할 수 있는 얘기에는 한계가 있다. 대전에 내려가기로 했다. 이번 사건은 얼굴을 맞대고 상의해야 하는 중차대한 일이었다. 대전에 내려가는 방법에 대해 고민했다. 남편의 얼굴을 보는 게 힘들어서 따로 내려갈까 생각했다. '감히 나를 속이다니… 그것도 3년씩이나!' 괘씸하고, 원통하고, 분했다. KTX를 탈지, 시외버스를 탈지 고민하다가 결국 칠모를 타고 같이 가기로 했다. 돈을 아껴야 했다. 조수석에 나란히 앉는 대신 뒷자리에 앉았다. 음악도, 대화도 없이 2시간 30분을 달렸다. 더할 나위 없이 불편한 동행이었다.

대전에서 가족회의가 열렸다. 시어머니는 남편을 보자마자 등짝을 후려쳤고, 시아버지는 한심한 눈빛으로 남편을 바라보셨다.

"차부터 팔자."

시아버지가 단도직입적으로 말씀하셨다. 이어진 남편의 대답은 가관이었다.

"죄송해요, 아버지. 이미 차량 담보 대출을 받았어요."

"차를 잡혔다고?"

나도 모르게 벌떡 일어나며 소리쳤다. 몰랐던 사실이었다. 차는 꼭 자기 명의로 해달라던 남편의 부탁이 떠올랐다. 그게 그런 의미였을 줄은 상상도 못했다. 더 이상 대출이 나올 데가 없던 남편에게 칠모는 좋은 담보물이었다. 남편은 차를 구입한 후 한 달이 채 되지 않아서 차량 담보 대출을 받았다고 한다. 차를 사지 않았다면 남편의 빚밍아웃은 6개월 빨라졌을지도 모른다. 덕분에 첫 번째 대책 회의는 뚜렷한 성과를 내지 못하고 끝났다. 주택담보대출, 신용대출을 알아보고 다시 만나기로 했다.

서울에 올라와서 놀랄 일은 또 남아 있었다. 남편의 신용카드를 해지하는 과정에서 두 대의 휴대전화 명세서가 발견되었다.

"나 모르게 휴대전화를 두 대나 더 썼어? 진짜로 여자가 있는 거야?"

"아니야, 여자는 진짜 아니야. 돌려막기 하는 데 쓴 거야."

남편이 어디선가 휴대전화 두 대를 꺼내왔다. 집 어딘가에 그런 게 있었다니 미치고 팔짝 뛸 노릇이었다. 전원을 켜고 카톡 내용을 확인했다. 대부업체와의 대화 내용이 남아 있었다. 카톡으로 문화상품권을 100만 원어치 사고, 업체에 20% 낮춘 가격으로 팔아서 돌려막기를 하고 있었다. 수고스럽게 두 대의 휴대전화 비용을 내면서까지 남편은 현금을 융통했다. 처음으로 내 입에서 욕이 나왔다.

남편의 공인인증서와 OTP 카드를 압수했다. 계좌 입출금 내역을 확인하니 이번에는 친구 이름으로 100만 원의 입금 내역이 확인되었다.

"주변에도 돈 빌려달라고 했어?"

"미안해. 너무 급해서….."

열 명에게 부탁했고, 한 명이 빌려줬다고 했다. 이제는 그런 그가 딱해 보이기까지 했다. 그는 친구에게 돈을 빌려준다고 집에 있는 현금에 손을 댄 적이 있었다. 일주일만 쓰겠다던 친구는 결국 수차례 독촉 끝에 3개월에 걸쳐서 돈을 갚았다. 앉아서 빌려주고 서서 받는 게 돈인데, 그는 돈의 어려움을 몰랐다. 자기 코가 석 자면서 친구의 어려움을 살폈고,

급할 때는 빌리지도 못하는 남편은 소위 말하는 '호구'였다. 이 남자를 고쳐 쓸 수 있을지 자신이 없었다. 마음이 오락가락했다.

실망할 일은 하나 더 있었다. 금연한 줄 알았던 그의 가방에서 다량의 꽁초가 발견되었다. 남편이 재택근무를 하던 시기에 작은방에 들어가면 과일 향이 났다. 사탕 냄새라기엔 진해서 이게 무슨 냄새일까 궁금했다. 작은방에서 나던 과일 향의 정체는 담배였다. 남편은 나를 속이기 위해 과일 향 담배를 피웠다고 했다. 심지어 비싼 담배였다. 남편은 한 번도 담배를 끊은 적이 없다고 했다. 스트레스를 받으면 하루에 2만 원어치씩 담배를 피웠다고 했다. 한 달에 60만 원은 담뱃값이었다. 진심으로 화가 났다. 깊은 빡침이 올라왔다. 그날부터 대전에 내려갈 때까지 남편과 각방을 썼다.

그 후 열흘간은 악몽이었다.

마이너스 세팅

남편이 연이율 20%대의 고금리 대출을 쓰고 있을 때, 나는 3%대의 주택담보대출을 조기 상환하고 있었다. 500만 원, 1,000만 원씩 열심히 갚았다. 항아리가 줄줄 새는 줄도 모르고, 양동이로 물을 퍼 나른 꼴이었다. 나 자신이 한심했다.

주택담보대출을 다시 받기 위해 은행으로 가는 기분은 비참했다. 금리가 올라서 연이자가 4%대라고 했다. 남편이 빌린 돈의 조건에 비하면 감지덕지였다. 1시간이 넘도록 대출 신청 서류를 작성했다. 다음 날은 주민센터에 가서 남편과 주민등록등본, 인감증명서 등을 떼었다. 그 외에도 신용카드 소득, 사실증명원, 건축물대장 표제부 등을 은행에 추가로 제출했다.

며칠 뒤 감정사가 집을 방문히여 실거주를 확인했다. 코로나 때문에 걸어 잠갔던 문을 열어주는 대상이 감정사라는 사실에 씁쓸했다. 혹시라도 대출에 문제가 생길까 봐 굽실거리는 내 모습은 초라하기 그지없었다. 일주일간 복잡한 절차를 거쳤지만, 최종적으로 대출 승인이 반려되었다. 동거인인 남편의 기대출 이력이 많기 때문이었다. 한숨이 나왔다. 이자가 하루하루 늘어가고 있었다.

결국 내 이름으로 신용대출을 받았다. 그리고 우선순위가 높은 것부터 갚았다. 남편에게는 퇴직금을 빨리 받아오라고 압박했다. 퇴직일로부터 3주가 지난 시점이었다. 회사의 사정을 봐줄 처지가 아니었다. 14일 안에 퇴직금을 지급해야 하는 원칙을 들먹이며 재무팀을 압박하라고 했다. 다음 날, 남편의 퇴직금이 입금되었다. 대출 상담원과 통화를 하니 며칠 새 이자가 더 늘어 있었다. 마음이 쓰렸다. 남편의 퇴직금으로 빚을 갚았다.

그다음으로 남편의 땅을 처분하려고 시도했다. 남편은 용인의 어느 산속에 열 평 남짓한 땅이 있었다. 부동산 여기저기에 전화를 돌렸다. 하지만 개발되지 않는 한 어려울 거라는 답변을 들었다. 남편은 아니라고 우겼지만, 떴다방에 사기를 당했다는 걸 알 수 있었다. 계륵 같은 그 땅의 토지세를 살아 있는 한 매년 내야 했다.

마지막으로 시아버지가 결혼할 때 주신 금목걸이를 팔고, 200만 원을 손에 쥐었다. 집에 있는 패물을 내다 파는 기분은 비참했다. 망한다는 게 이런 건가 싶었다. 눈물이 났다. 사업을 하다가 망한 것도 아니고, 단순히 남편의 과소비 때문이라니 어디가서 말하기도 창피했다. 결혼반지는 팔지 못했다. 팔고 나면 우리의 결혼 생활이 끝날 것 같았다.

며칠 뒤에는 남편과 구청에 가서 칠모의 근저당권 설정을 풀었다. 남편이 다시는 칠모를 위험에 빠뜨리지 못하도록 부부 공동명의로 변경했다. 자동차 등록증이 새로 나왔다. 그 문서는 내가 남편을 믿지 못한다는 증거이기도 했다.

시부모님도 아들의 빚을 해결하기 위해 노력하셨다. 두 분은 대전의 작은 아파트에서 어렵게 살고 계셨다. 시아버지가 예전에 사업을 하다 실패하면서 시어머니까지 오랫동안 신용불량자로 지내셨다. 지금은 시아버지는 자동차 공장에 부품을 납품하는 일을 하셨고, 시어머니는 몇 달 전에 요양원에 취직하셨다. 시어머니는 몇 년 쉬다가 모처럼 돈을 벌어서 즐거워하셨다. 그리고 아들은 기다렸다는 듯이 엄마의 행복을 빼앗아갔다.

각자의 자리에서 할 수 있는 일을 하고, 다시 대전에서 모였다. 시아버지는 사업자 대출을 받으셨고, 시어머니는 치매보험을 해지하셨다. 시어머니는 악착같이 모아두었던 비상금과 월급을 모은 돈 500만 원, 명절에 드렸던 3년간의 용돈 봉투를 가져오셨다. 시어머니가 들고 오신 꼬깃꼬깃한 봉투를 보고 남편의 입술이 떨렸다.

"나는 우리 아들 목숨 살린다고 생각할 거야. 그렇지만 이번이 마지막이야. 또 몰래 대출받으면 그때는 안 볼 거다. 그때는 너 사람 아니다."

"다시는 안 그러겠습니다. 착실하게 살겠습니다."

남편이 울면서 사죄했다. 같이 죄인이 되어야 하는 이 상황이 너무 싫었다. 남편이 미웠다.

서울로 올라와서 남은 빚을 정리했다. 구정 연휴가 지나고 늘어 있을 이자를 생각하면 서둘러야 했다. 대출 상담원과 통화하고, 하나씩 변제해나갔다. 남편의 고금리 대출을 모두 정리하고, 1금융권 대출로 돌렸다. 빚은 여전히 많았지만, 이자가 늘어나는 속도는 줄일 수 있었다. 큰 고비는 넘긴 셈이었다.

어느덧 구정이었다. 결혼하고 네 번째 맞는 구정은 그 의미가 남달랐다. 선물 세트 대신 채무 상환 이행 각서를 들고 내려갔다. 남편은 시부모님께 심려를 끼쳐드린 점을 반성하며, 몇 가지를 약속했다.

- 자동차 담보대출, 카드깡, 카드 돌려막기, 현금 서비스, 사금융을 절대 이용하지 않겠습니다.
- 배우자의 신뢰를 회복하고, 건강한 결혼 생활을 위해 최선을 다하겠습니다.
- 다음 달까지 취직해서 돈을 벌겠습니다.
- 약속을 지키지 않으면 부모-자식 간의 연을 끊고, 유산

상속을 포기하겠습니다.

시아버지는 남편의 등짝에 니킥을 날리셨다. 매우 인상적
인 훈육이었다.

반성의 시간이 지나고, 시부모님이 백화점에 가자고 하셨
다. 며느리에게 옷을 한 벌 사주고 싶다고 하셨다. 1시간을
둘러본 후에 시아버지에게 겨울 외투를 선물 받았다. 부드
럽고 포근했다. 점심을 먹은 후에는 시어머니가 보약을 한
재씩 해주시겠다며, 우리를 한의원에 데리고 가셨다. 진료
실에는 시부모님도 들어오셨다. 전날 미리 방문해서 한의사
에게 얘기를 해두신 것 같았다. 이 상황에서도 아기를 기대
하시는 시부모님의 의중이 궁금했지만, 큰 도움을 받은지라
뭐라고 대꾸할 수는 없었다.

집으로 돌아오는 길에 많은 생각을 했다. 결혼하고 대부
분의 시간을 남편과 함께 보냈고, 경제 공동체라고 철석같이
믿었다. 하지만 결혼 4년 차에 묵직하게 한 방 맞으면서 남

편에 대한 믿음이 깨졌다. 휴대전화 바탕 화면에 설정했던 남편의 사진을 지웠다. 남편과의 심리적 거리가 멀어졌다. 이번 일을 겪으면서 '너는 너, 나는 나'라는 사실을 수차례 되뇌었다. '일심동체' 같은 말은 개나 줘버리기로 했다. 한번 잃어버린 믿음을 회복하는 건 어려운 일이다. 남편이 또 그러지 말라는 법도 없다. 이제라도 정신을 차린다면 열심히 살아보겠지만, 또 사고를 친다면 그땐 정말 끝이다. 말로 하는 다짐 말고, 문서가 필요했다. 서울에 올라와서 남편은 나에게 각서를 썼다.

첫째, 가정의 경제권을 아내에게 위임하겠습니다.

둘째, 앞으로는 절대 대출을 받지 않겠습니다.

셋째, 용돈 내에서 근검절약하겠습니다.

넷째, 금연하겠습니다.

위 내용을 어길 시, 재산에 대한 어떠한 요구도 하지 않고 몸만 나가겠습니다.

나는 다시 한번 그에게 기회를 주기로 했다.

사실 다른 방법이 없었다.

미워도 다시 한번

처음부터 다시 시작할 생각에 힘이 빠졌다. 제로 세팅도 아니고 마이너스 세팅이라니…. 풍족하지는 않아도 부족하지 않은 살림이었는데, 비상금까지 모조리 털렸다. 이제는 생활비를 걱정하며 살아야 했다. 삶의 팍팍함이 자주 느껴질 것이다. 즐겁게 야금야금 썼던 평범한 생활이 벌써 그리워졌다.

답답한 마음을 털어놓고 싶어서 친구들을 차례로 만났다. 수다는 때로 큰 위안이 된다. 내가 먼저 남편의 빚 얘기를 꺼내 놓자 세 명의 친구는 각기 다른 사연을 털어놓았다.

친구 A는 이혼 소송 중이라고 했다. 결혼 13년 차이고, 자녀가 두 명이다. A는 십수 년간 남편이 고액 강사인 줄 모른

채 궁핍하게 살았다고 고백했다. 생활비로 한 달에 100만 원을 받았다고 한다. 이혼 얘기는 A의 남편이 먼저 꺼냈다. 남은 인생을 자유롭게 살고 싶다는 게 이유였는데, 아무래도 여자가 생긴 것 같다고 했다. 이혼 소송을 시작한 후 A는 아이들과 집을 나와서 살고 있고, 2년이 넘어가고 있다고 했다. 재산 분할에서 의견 일치를 보지 못해 소송이 길어지고 있었다. 자주 만나지는 못했지만, 항상 밝게 통화해서 전혀 몰랐다. 친구의 불행 앞에서 먹먹해졌다.

친구 B는 로맨스 스캠을 당했다고 했다. 40대 싱글인 그녀는 코로나 시기에 데이팅 앱에 눈을 떴다. 영어와 중국어에 능통한 그녀는 외국인도 데이트 상대로 수락했다. 그중 한 명이 문제였다. 홍콩 투자회사에서 근무한다던 남자가 소액 투자를 권유했다고 한다. 100만 원으로 시작된 투자는 1,000만 원이 넘어갔고, 순식간에 억대가 되었다고 한다. B는 무리하게 대출을 받았고, 결국 전세 보증금까지 날렸다. 경찰은 해외라 추적이 어려울 거라고 했다. B는 개인 회생 절차를 밟고 있었다. 얼굴 한번 보지 못한 남자 때문에 전 재산을 날린 B 앞에서 나의 고민은 작아졌다.

친구 C는 20대 초반에 결혼했다. 시아버지가 사업을 크게 하셨는데 부도가 났다고 했다. 그때 온 가족이 신용불량자가 되었다고 한다. 친정에까지 손을 벌렸고, 아직도 매달 50만 원씩 부모님에게 갚고 있다고 했다. 그때 이후로 한 번도 일을 쉬어본 적이 없다고 한다. 결혼 선배인 C는 나에게 닥친 불행을 듣고, 새로운 해석을 내놓았다.

"남편이 많이 힘들었겠네."

특유의 온화하고 다정한 말투다. 그 말을 듣고 새로운 사고 회로가 열렸다. 한 번도 남편의 입장에서 생각해보지 않았다. 피해자인 나의 아픔과 분노에만 집중했다. 남편의 입장에서 사건을 재해석해보았다. 남편은 결혼 전에는 파혼당할까 봐, 결혼 후에는 이혼당할까 봐 전전긍긍했을 것이다. 빚을 감추고 덮으면서 언제 들통날지 몰라서 조마조마했을 것이다. 힘들어도 끝까지 감추려고 했던 건 결혼 생활을 유지하고 싶었기 때문일 것이다. 그렇게 생각하니까 마음이 편해졌다. 그의 과소비와 대출이 모두 용서되는 건 아니었지만, 조금이나마 이해가 되었다.

매장 일을 돕던 헌신적인 남편의 모습을 떠올렸다. 더불어 그때 쌓아두었던 부부 마일리지가 생각났다. 큰 실수를 하더라도 한 번은 넘어가기로 했던 다짐을 끄집어냈다.

불행 배틀을 하려고 만난 것은 아니었지만, 나는 세 친구의 불행을 통해 위로받았다. SNS에서는 행복해 보였던 친구들도 공개적으로 말할 수 없는 저마다의 시간이 있었다. 각자의 상처를 꺼내 놓으면서 서로의 진짜 얼굴을 알게 되었다. 나만 힘든 건 아니라는 걸 깨달았다. 불행을 극복하고 행복해지는 것은 오롯이 나의 선택이라는 것도. 나는 내게 닥친 빚을 삶의 일부로 받아들이기로 했다.

"아르바이트해서 갚겠다며?"

냉전 중에 그에게 처음으로 툭 던진 말이다. 좀처럼 대화의 물꼬를 트지 못했던 우리는 '돈을 버는 방법'에 대한 얘기로 대화를 나눴다. 남편은 목수가 되겠다던 꿈을 고이 접기로 했다. 경력을 살려서 이직하는 것만이 살 길이었다. 아르바이트를 하면서 이직 준비를 하겠다고 했다. 면접 시간을 뺄 수 없는 물류센터 등은 제외하고 일자리를 알아보았다. 주말 주차 아르바이트는 면접을 보고 며칠이 지나도 연락이 오지 않았다. 나이가 많아서 떨어진 것 같았다. 새벽 도시락 배달도 알아보았다. 하루 4시간에 5만 원이었다. 감사한 금액이지만, 조금 더 고액의 아르바이트가 필요했다. 마지막으로 알아본 것은 생동성 시험이었다. 몇 번 방문해서 채혈을 하고, 1박 2일간 입원을 하면 250만 원을 준다고 했다 남편과 둘이 참여하면 500만 원이다. 이거다 싶어서 냉큼 신청했다.

그리고 우리의 이력서를 업데이트했다. 남편과 앞으로의 커리어에 대해 진지하게 얘기를 나누었다. 남편은 광고업계를 떠나고 싶어 했지만, 14년의 경력을 포기할 수는 없었다. 광고대행사는 힘드니까 일반 기업의 마케팅 부서로 들어가면 어떻겠느냐고 제안했다. 을이 아닌 갑이 되면 업무 환경이 나아질 거라고 회유했다. 내 경험에서 비롯된 조언이기도 했다. 남편이 고개를 끄덕였다. 그날부터 구인 광고를 검색하며 하루에 다섯 군데 이상 이력서를 넣었다.

마케터로 외길 인생을 걸어온 남편과 다르게 내 이력서는 조금 복잡했다. 이력서에 적힌 내 경력은 IT 번역 10년, 외식 경영 7년이었다. 좋게 보면 다방면에 경험이 풍부한 지원자고, 나쁘게 보면 일관성이 없는 지원자였다. 게다가 전공은 심리학과라 채용담당자의 눈에 좋게 비칠 리 없다. 쉬면서 진로를 고민하려고 했지만 마음이 급했다.

다시 한번 내 경력을 찬찬히 뜯어보았다. 첫 번째 선택지인 IT 번역은 7년 전에 경력이 단절되었다. 두 번째로 외식 경영은 해외 영업, 본부장, 매장 관리 등으로 업무가 다양해서 하나의 직무를 선택해야 했다. 그나마 인사노무관리가 경력을 인정받기에 적합해 보였다. 인사 담당자는 어느 회사에나 필요한 직무이기 때문에 채용 공고가 많이 올라와 있었다. 시험 삼아 10군데에 이력서를 보냈다. 내 나이와 애매한 경력으로 과연 몇 군데에서 연락이 올지 궁금했다. 그리고 다음 날, 모르는 번호로 전화가 왔다. 첫 번째 입사 제안이었다. 1년 계약직도 괜찮겠느냐고 했다. 움찔했지만 마다

할 처지가 아니었다. 다음 주에 면접을 보러 오라고 했고, 나는 그러겠다고 했다.

인사 쪽 입사 지원은 처음이었다. 첫술에 배부를 거라고는 생각하지 않았다. 면접을 보다 보면 나와 잘 맞는 회사와 인연이 닿을 거라고 생각했다. 그렇게 가벼운 마음으로 임한 첫 번째 면접에 덜컥 붙고 말았다. 남편의 빚이 터지고 열흘 만의 일이었다. 순식간에 2차 면접까지 잡혔다.

오랜만의 면접이라 긴장되었다. 대표 면접에 통과하면 바로 합격이라는 생각에 더 떨렸다. 대표 면접에서는 인사노무와 관련된 자격증이 없고, 경력에 일관성이 없다는 이유로 공격받았다. 맞는 말이다. 나 자신조차도 내 이력서가 서류전형에 합격한 이유를 알지 못했다. 이 면접은 텄구나, 생각할 때쯤 분위기가 반전되었다. 그 이유는 우습게도 남편의 경력과 나의 학벌이었다.

"광고 쪽 지식은 좀 있나?"

"남편이 광고대행사 팀장이었습니다. 어깨너머로 광고업계의 고충과 인력난에 대해 많이 접했습니다."

"김○○ 교수를 아나?"

"네, 학부 시절에 소비자 심리학 전공 수업을 들었습니다. 저를 아직도 기억하실지는 잘 모르겠습니다."

대표가 처음으로 가볍게 미소 지었다. 몇 시간 뒤, 최종 합격 통보를 받았다. 두 개의 면접이 추가로 잡혀 있었지만, 붙는다는 보장이 없었다. 하루빨리 돈을 벌어야 했다. 일단 취업해서 경력을 쌓아보자는 마음으로 입사를 결정했다.

그렇게 남편보다 먼저 생활 전선에 뛰어들었다.

생활 전선에 뛰어들다

구정 연휴가 지나고 첫 출근을 했다. 회사는 설립한 지 15년
이 넘은 광고대행사로, 직원 수 50여 명 정도의 중소기업이
었다. 본사는 4층이고, 내가 소속된 경영기획본부는 9층이
었다. 9층은 임시 사무실로, 전 입주사의 간판도 떼지 않은
채였다. 덕분에 면접을 보러 왔을 때 사무실 앞에서 한참을
기웃거렸다.

　9층 인원은 경영기획본부와 기술지원부서를 합해서 11명
이다. 기술지원부서는 코로나 때문에 격일로 출근했고, 개
발자의 특성상 조용한 부서였다. 9층은 우리 팀만 사용한다
고 봐도 무방할 정도였다. 경영기획본부는 김 이사, 최 팀장,
정 차장과 김 대리, 나까지 5명이다. 출근 첫날은 오랜만의

사무실 출근으로 긴장되고 설레었다. 나는 인사 담당자로서의 포부로 가득 찼고, 팀원들과 잘 지내기 위해 노력할 의사가 충분했다. 하지만 그 의지는 곧 꺾였다.

김 이사가 정 차장에게 업무 인수인계를 받으라고 했다. 일주일 정도는 정 차장이 A부터 Z까지 세세하게 알려줄 것을 기대했지만, 나는 입사 첫날부터 홀로 남겨졌다. 정 차장은 먼저 와서 알려주는 법이 없었다. 메신저로 물어도 2시간이 지나야 자리로 왔고, 알려주는 것 같다가도 금세 자리로 돌아갔다. 전달 급여 대장의 4대보험 산출액을 확인해야 했는데, 급여 대장 파일을 요청해도 들은 척 만 척이었다.

답답함에 인쇄물을 보고 파일을 새로 만들고 있자니, 김 이사가 내 모니터 화면을 보고는 한숨을 쉬었다.

"파일을 달라고 하면 되지, 그걸 왜 만들고 있어요?"

'정 차장한테 요청한 지 2시간이 지났는데, 묵묵부답이라 제가 만드는 게 빠를 것 같아서요'라고 말하고 싶었지만, 고자질하는 것 같아서 참았다. 오자마자 동료와 문제를 만들고 싶지 않았다.

금요일에는 김 이사가 100페이지가 넘는 연말정산 매뉴얼을 던져주었다. 주말에 숙지하고 와서 다음 주에 연말정산 업무를 진행하라고 했다. 세무사 사무실에서 대행해줘서 한 번도 해본 적 없는 업무였다. 주말에 한참을 들여다보았지만, 실무에 적용하는 방법은 알 수 없었다. 정 차장에게 알려달라고 하니 혼자서 해보라고 했다. 마감일은 다가오는데, 방법을 모르니 일의 진척이 없었다.

　"그거 제가 하면 1시간이면 끝나요."

　정 차장은 세무 법인에서 팀장으로 근무했던 경력자였다. 그는 대수롭지 않다는 듯이 그렇게 말하며 마감일까지 나를 혼자 두었다. 마감일이 되자, 정 차장은 가르쳐줄 시간이 없다며 혼자서 진행하고, 자료만 넘겨주었다. 혹시 나를 싫어하는 건가 하는 합리적 의심이 들었다. 그렇더라도 할 수 없었다. 업무를 넘겨받기 전까지는 납작 엎드려야 했다.

　연말정산이 끝나자 이번에는 급여일이 다가왔다. 급여 처리는 최 팀장에게 인수인계를 받았다. 최 팀장은 바로 내 옆자리였고, 정 차장보다 인간미가 있어서 물어보기가 편했다. 다만, 인간미가 있다는 것이 일을 잘한다는 의미는 아니었다. 최 팀장은 남을 가르치는 데 재능이 없어 보였다.

"대충 이렇게 하면 돼요."

최 팀장은 급여 대장을 작성하는 방법을 속성으로 보여주었다. 메모할 틈도 없이 업무를 받았다. 파일을 붙들고 한참을 씨름해야 했다. 급여 대장이 완성된 후에는 팀장, 이사, 대표에게 차례대로 결재를 받아야 했다. 결재는 전자가 아니라 수기로 진행되었다. 서류 하나를 처리하기 위해 시간과 노력이 두세 배로 들었다. 결재판을 내밀고, 두 손을 공손히 모으고 서 있으면 팀장이 대충 들여다보고 서명했다. 그다음에는 이사 자리로 갔다. 이사는 팀장보다 훨씬 깐깐해서 결재를 받기 쉽지 않았다. 세 번의 반려 끝에 이사의 서명을 받았다. 마지막으로 4층에서 대표 결재를 받아야 했다.

엘리베이터는 총 3대였고, 홀수 층, 짝수 층, 전 층으로 나눠서 운행 중이었다. 9층에서 4층으로 가려면 전 층 운행용 엘리베이터를 타야 한다. 전 층 엘리베이터는 느리게 운행되었고, 5~8분 정도 기다려야 했다.

대표를 만날 확률은 세 번 중 한 번이었다. 허탕을 치고 돌아오기를 반복하다가 나중에는 대표실 앞자리에 앉은 직원에게 사내 메신저로 물어보고 내려갔다. 대표님이 자리에 계시다고 하면 결재판을 들고 계단으로 뛰어내려갔다. 숨을 헉헉거리며 계단을 오르내리다가 현타가 왔다.

후일담이지만, 대표실 앞자리에 앉은 직원은 한 달 뒤에 퇴사했다. 할 수 없이 그 옆자리 직원에게 대표의 입실 여부를 물어봐야 했고, 그 직원도 얼마 있다가 퇴사했다. 내가 근무했던 기간 동안 대표실에서 가까운 순서대로 네 명의 직원이 퇴사했다. 영화 〈데스티네이션〉을 보는 것 같았다.

다음으로 주어진 업무는 정부 일자리 지원금 사업을 조사하고 신청하는 일이었다. 이 업무를 진행하면서 작년에 신입사원을 대거 채용한 경로를 알 수 있었다. 청년 디지털 일자리 지원 사업으로 열 명, 산학연계 프로그램으로 네 명, 청년 캠프로 세 명, 광고협회 인턴십으로 세 명 등이었다. 회사 직원의 절반이 대학을 갓 졸업한 신입사원이었다. 입사한

지 며칠 안 된 나에게 식원들이 하루가 밀다 하고 기초적인 질문을 하는 이유를 알 것 같았다.

그 밖에도 일자리 도약 장려금, 신중년 적합 직무 지원금, 유연근무제, 청년채용 특별 장려금 등 지원금의 종류가 다양했다. 회사에서 받을 수 있는 지원금을 샅샅이 뒤져서 찾아내고 신청하는 건 나의 중요한 업무 중 하나였다.

그중 출산 육아기 장려금을 처리하면서 나를 뽑은 이유에 대해 짐작할 수 있었다. 내가 입사하기 한 달 전에 출산휴가에 들어간 신 대리가 있었고, 나는 그 직원의 대체 인력이었다. 지원금 신청서를 작성하면서 전임자보다 연봉이 낮다는 것도 알게 되었다. 내 직책은 차장이었지만, 연봉은 그렇지 못했다. 내가 1년 뒤에 정규직으로 전환되면 회사에서는 월 50만 원씩 1년간 정규직 전환 지원금도 받을 수 있었다. 만약 기대에 미치지 못한다면 1년 쓰고 버리면 그만인 자리였다. 인사담당자이기 때문에 알 수 있는 진실을 마주한 기분은 씁쓸했다.

새로운 회사에서 고군분투하고 있을 때, 남편도 입사 전형을 하나씩 통과했다. 아르바이트 쪽으로는 쉽게 길이 열리지 않았다. 함께 지원했던 생동성 시험은 나의 갑작스런 취업으로 남편만 참여하게 되었는데, 신체검사를 받으러 간 날 현장에서 탈락했다. 체중 미달이 이유였다. 아르바이트 자리 구하는 일은 그쯤에서 그만두기로 했다. 남편이 쓸모 있는 곳은 회사밖에 없는 것 같았다.

인하우스 마케터가 되려면 업계를 잘 골라야 했다. 여러 채용 공고 중 B2B 외식 기업이 눈에 띄었다. 대기업과의 협업, 다수 프랜차이즈 매장과의 장기 계약을 통해 고정 수익이 있는 탄탄한 회사였다. B2C 분야는 새로 진출하는 단계라 과거 실적과 비교를 당할 일도 없어 보였다. 외식업은 내가 잘 아는 분야라서 자기소개서를 쓸 때 도와주었다. 그리고 남편은 1차 서류 전형에 가뿐히 합격했다. 다음은 면접이었다. 인터넷과 유튜브에서 해당 기업의 홍보 자료를 샅샅이 뒤지고, 예상 가능한 질문과 답변을 30개 정도 뽑았다. 예상 질문지는 80% 이상의 높은 적중률을 보였고, 남편은 일주일 만에 대표 면접까지 합격했다. 내가 입사하고 2주 뒤의 일이었다.

빚으로 얼룩졌던 1월이 가고, 우리는 차례로 백수를 탈출
했다. 나는 남편이 몸담은 광고업계로 이직하고, 남편은 내
가 몸담았던 외식업계로 이직하며 업계를 크로스했다. 우리
는 서로의 이직에 많은 도움이 되었다. 부부의 연이 이런 건
가 싶을 정도로 신기했다.

인생은 정말 알 수 없다.

산 넘어 산

남편이 취직하게 되면서 처음으로 혼자 출근을 했다. 2호선 영등포구청역에서 내렸다. 지하철역에서 사무실까지는 걸어서 15분 거리였다. 길지도 짧지도 않은 거리였는데, 일대가 공사판이라 출근길은 험난했다. 풀풀 날리는 먼지가 눈에 들어가기도 했고, 인도를 막아 놔서 차도로 다녀야 했다. 타워크레인 아래를 뛰듯이 지나치고, 횡단보도를 두 번 건너면 사무실 건물이 보였다. 마지막 관문은 계단이었다. 출근 시간에는 엘리베이터 정체가 심해서 9층까지 비상계단을 이용했다. 출퇴근만으로 하루에 만 보를 걸을 수 있었다.

입사 후 며칠 뒤에 삼성역으로 외근을 나갔다. 본사 외에도 대표가 인수한 B사와 C사를 함께 관리해야 한다고 했다.

인사담당자 한 명을 고용해서 뽑아먹겠다는 회사의 의도를 알 수 있었다. B사와 C사는 같은 건물에 있었고, 거기에는 새로운 빌런이 기다리고 있었다. 본사에서 근무하다가 두 달 전에 파견 나온 김 차장이었다. 김 차장은 내가 그녀의 사리를 차지하기라도 한 것처럼 나를 경계했다. 알고 보니 내 업무의 진짜 전임자는 김 차장이었다. 내가 궁금한 모든 것을 김 차장은 알고 있었다. 하지만 김 차장은 아무것도 쉽게 알려주지 않았다. 원래 그런 성격인지, 나한테만 그런 건지 판단하기까지 시간이 걸렸다. 그리고 머지않아 첫 번째 갈등이 불거졌다.

두 명의 신입사원이 C사에 입사한다고 했다. 그런데 문제가 있었다. 면접은 B사로 봤는데, C사로 근로계약서를 작성하라는 것이었다. 이게 무슨 상황인가 싶었다. B사와 C사는 대표는 같았지만 엄연히 다른 회사였다. 김 차장에게 물어보고, 조 대표에게 물어보았지만 각기 다르게 대답했다. 결국 본사 대표가 조 대표와 통화를 하고, C사 근로계약서를 준비하는 것으로 결정되었다. 하지만 현장에서는 다른 반응이었다. 신입사원 두 명은 B사로 근로계약서를 쓰고 싶다고 했다. B사는 업계에서 이름이 알려져 있는 회사고, C사는 신생 기업이었다. 경력 관리를 하고 싶은 신입사원의 입장이 이해되었다.

이 난관을 함께 해결하기 위해 김 차장을 찾아갔다. 그러자 그녀가 내게 몸을 바짝 붙이며 삿대질하듯 말했다. 그녀는 나보다 두 살 어렸다.

"아무것도 모르고 오신 거예요? 그럴 거면 저한테 뭐 하러 오셨어요?"

뜻밖의 공격에 당황스러워 얼굴이 화끈거렸다. 마스크를 써서 다행이었다.

"정확히 아는 사람이 없어서 직접 상황을 파악하러 왔습니다. 제가 큰 실수를 한 건가요?"

나도 같이 목소리를 높이자 김 차장이 한발 물러섰다. 강에는 강으로 맞서야 한다. 면접관으로 들어갔던 중간 관리자를 만나고, 신입사원과 다시 면담한 후에야 상황이 정리되었다. 입사 과정에서의 대 환장 커뮤니케이션은 훗날 일어날 일들에 비하면 사소한 편이었다.

B사와 C사는 본사의 결재 없이는 인턴 한 명도 마음대로 뽑을 수 없었다. 김 이사 뜻에 거슬리는 일은 진행이 불가능했다. 아무도 말로 표현하지는 않았지만, 조 대표는 김 이사보다 아래였다. 그리고 조 대표는 이런 체제에 불만을 가지고 있었다. 사람을 뽑을 때마다 조 대표와 김 이사는 의견 차이를 보였고, 그 사이에서 나는 이리 치이고 저리 치였다.

그러다가 굵직한 이슈가 생겼다. 조 대표가 데려온 직원이 문제였다. 조 대표가 스카우트를 하면서 입사 예정자의 희망 연봉에 맞춰준 상태였다. 입사 첫날 근로계약서 작성을 완료하고, 첫 번째 급여일이 되었다. 김 이사가 급여 지급 당일에 B사의 급여 결재를 반려했다. 새 직원의 연봉이 기존 직원들에 비해 높다는 게 이유였다. 당장 전 직장의 원천징수영수증을 확인하라고 했다.

여러 번의 통화와 문자 끝에 직전 연봉이 예상보다 낮은 것으로 확인되자 김 이사가 화를 냈다. 급여를 지급할 수 없다며, 근로계약서를 다시 쓰자고 했다. 해당 직원은 이런 경우가 어디 있느냐며 반발했고, 조 대표의 입장이 난감해졌다. 세 개의 회사가 얽히고설켜서 의사결정 프로세스가 꼬였다. 결국 본사 대표가 나서서 연봉의 일부를 사이닝 보너스로 보전하는 쪽으로 얘기가 되었다. 그 과정에서 당사자의 항의에 대응해야 하는 건 내 몫이었다.

마음을 붙일 곳이 필요했다. 누군가를 붙잡고 회사가 어떻게 돌아가고 있는지 물어보고 싶었다. 하지만 우리 팀은 9층에 고립되어 있어서 다른 부서 직원들과 대화할 기회가 드물었다. 점심시간에는 팀 단위로 움직였다. 매장에서 일할 때는 점심시간에 함께 식사하는 직장인들이 부러웠다. 하지만 그 무리에 들어가 보니 생각했던 것만큼 즐겁지 않았다. 점심시간은 업무의 연장이었다. 모든 대화는 김 이사를 중심으로 흘러갔다. 농담으로도 거슬리는 말을 하면 김 이사는 정색을 했다. 한마디라도 더 하려고 노력하던 나는 자기 검열을 하며 말수를 잃어갔다. 점심을 먹고 나면 속이 더부룩했다.

그때 김 대리가 도시락 독립을 선언했다. 그는 자기 관리에 철저한 30대 싱글남이었다. 김 대리는 매일 닭가슴살 샐

러드를 싸 와서 먹었다. 일주일간 그를 지켜보다가 슬그머니 도시락 대열에 합류했다. 김 이사가 없는 자리에서 이것저것 물어보고 싶었다.

하지만 김 대리는 회계 담당자라서 인사 업무는 알지 못했다. 무엇보다 그는 사내 정치에 관심이 없는 개인주의자였다. 김 대리는 길게 대화할 수 있는 여지를 주지 않았다. 도시락을 먹고 나면 운동을 하러 가거나 자리에서 책을 읽었다. 혼자 도시락을 먹는 날이 많아졌고, 회사 생활은 점점 외로워졌다.

회사 생활을 견딜 수 있는 힘은 남편이었다. 회사 생활이 힘들수록 남편에 대한 의존도가 높아졌다. 점심을 혼자 먹어도, 저녁은 남편과 함께 먹어서 덜 외로웠다. 남편을 만나면 회사에서 꾹 다물었던 입을 열고, 일일 수다 총량을 채웠다. 하루 동안 있었던 일을 얘기하며 위로와 공감을 받았다. 남편은 좋은 말동무였다. 그뿐만 아니라 남편은 실질적인 도움도 주었다. 새벽에 출근해야 하거나 회식이 있을 때는 차로 데려다주거나 데리러 와주었다.

남편은 나에게 병을 주고, 약을 주는 존재였다. 내가 겪는 고통의 근원이 남편이었고, 이 고통을 이겨내도록 도와주는 것 또한 남편이었다. 남편만 아니었다면 이렇게 서둘러서 취업하지는 않았을 것이다. 충분히 시간을 갖고 신중하게 회사를 고를 수 있었을 것이고, 그랬다면 지금보다는 덜 힘들게 일하고 있을지도 모른다. 아이러니하다.

힘든 회사 생활은 우습게도 남편의 흑역사를 이해하는 데 도움이 되었다. 스트레스를 받으니까 시발 비용이 나갔다. 화가 나서 스타벅스 그린티 푸라푸치노를 마셨고, 짜증이 나서 저녁에 소고기를 먹었다. 저녁을 먹을 때마다 맥주를 한 캔씩 마셨고, 자기 전까지 무언가를 먹는 나쁜 습관이 되살아났다. 주말에는 탕진 잼을 즐겼다. 돈을 써야 스트레스가 풀렸다. 주말마다 교외로 드라이브를 갔다. 맛집과 카페에 소소하게 돈을 쓰고 돌아다녔다.

더 나아가, 정 차장과 팀장은 남편을 이해하는 데 중요한 샘플이 되었다. 둘은 각자 아내에게 감추는 게 있었다. 정 차장은 저녁마다 닭가슴살만 주는 아내 모르게 회사에서 과식을 했다. 점심에는 밥 두 공기를 먹고, 커피숍에서는 휘핑크림을 잔뜩 얹은 초코 라테를 주문했다. 오후에는 과자를 먹으며 바스락거렸다. 그의 아내는 그가 다이어트에 실패하는 이유를 알지 못할 것이다.

팀장은 흡연자지만 아내에게는 비흡연자로 살고 있었다. 주말에는 담배를 못 피운다며, 금요일에는 두 배로 열심히 피웠다. 술을 좋아해서 만나는 직원들마다 술을 마시자고 했다. 팀장은 아내 모르는 대출이 꽤 있었고, 그 돈으로 주식도 하고 술도 마셨다. 아내가 알면 이혼 사유라며 껄껄거렸다.

"이 차장, 남편 너무 몰아붙이지 마세요. 다들 그러고 살아."

남편을 포함한 세 명의 샘플을 접하며 '남편들은 대체로 철이 없다'는 가설을 세우기에 이르렀다. 물론 성급한 일반화다. 어쨌거나 나만 속고 사는 것은 아닌 것 같아 꽤 위안이 되었다.

버티는 것도 능력

매장을 운영할 때는 자영업자가 제일 힘들다고 생각했는데 아니었다. 회사원도 나름의 고충이 있었다. 근로계약서에는 '주 40시간 근무'라고 쓰여 있지만, 실제로는 훨씬 더 많은 시간을 일했다. 김 이사는 출근하자마자 나를 찾았고, 나는 김 이사의 질문에 조리 있게 대답해야 했다. 그러기 위해 30분 일찍 출근했고, 김 이사가 퇴근해야 컴퓨터 전원을 끌 수 있었다.

내 업무는 한 번에 손에 들어오지 않았다. 자료가 산재해 있어서 누구에게 물어봐야 하는지를 물어봐야 했다. 어떤 건 정 차장에게, 어떤 건 팀장에게, 어떤 건 김 이사에게 물어봐야 했다. 때로는 출산 휴가를 간 신 대리나 파견 중인 김 차장에게 물어봤다. 가장 많이 들은 대답은 "노트북 인수인계 폴더에 있을 거예요", "아웃룩 메일함에서 찾아보세요", "인터넷에서 검색해보셨어요?"였다. 여기저기 물어보기를 반복하던 어느 날, 나는 스스로에게 근원적인 질문을 던졌다.

'내가 헤매는 것은 내가 부족해서일까, 아니면 회사의 업무 프로세스에 문제가 있는 것일까? 전임자들은 어떻게 헤쳐나간 것일까?'

인사 시스템에서 경영기획본부의 근속연수를 조회했다. 우리 팀 다섯 명 중 세 명은 입사한 지 6개월이 지나지 않은 신입이었다. 기존 퇴사자들은 1년을 채우지 못한 경우가 많았다. 동시에 두 명이 그만둔 경우도 있었다. '누구나 힘든 자리였구나', 안도가 되면서도 '나라고 별 수 있을까' 하는 나약한 마음이 들었다. 어쨌거나 수습 기간도 못 채우고 나가는 건 자존심이 걸린 문제였다. 이 회사에 있는 동안 실력을 키우기로 결심했다.

전산회계 2급 자격증과 인사노무 자격증에 도전했다. 평일에는 회계사의 인터넷 강의를 듣고, 주말에는 노무사의 인사노무 수업을 들었다. 토, 일 6시간씩 열두 번의 강의를 들으며, 네 명의 노무사에게 열심히 질문했다. 회사에서는 물어볼 사람이 없어서 절실했다. 두꺼운 실무 책과 노무사들의 성실한 답변으로 나의 업무 지식은 빠르게 향상되었다. 입사 후 3개월이 지나기 전에 두 개의 자격증을 땄다. 분노와 좌절은 나를 성장시켰다. 나는 이력서를 업데이트하고 때를 기다렸다.

입사 첫 주부터 달력을 자주 들춰보았다. 과연 이 회사에서 얼마나 버틸 수 있을지 자신이 없었다. 내 책상에는 하루가 다르게 서류가 쌓였고, 사내 메신저는 쉬지 않고 깜빡였다. 직원들의 이름을 외울 새도 없이 일이 밀려들었다. 코로나 확진자가 폭증하던 시기여서 사내 확진자가 발생하면 전체 공지를 하기 바빴다. 주말에도 손에서 휴대전화를 놓지못했다.

빚을 갚으려면 버텨야 했다. 달력을 보며 출근해야 할 이유를 찾았다. 2월은 출근할 이유가 충분했다. 다른 월보다 근무일수가 적고, 셋째 주 금요일은 패밀리 데이고, 그다음 주가 월급날이었다. 2월을 버티면 3월은 시작부터 삼일절 휴무였다. 둘째 주에는 대통령 선거가 있고, 셋째 주 금요일은 패밀리 데이였다. 주 4일 근무를 세 번 하고 나면 월급날이었다. 문제는 4월이었다. 공휴일이 없는 잔인한 달이라 연차와 패밀리 데이로 버티는 수밖에 없었다.

5월이 되고 며칠 지나자 대표가 내 자리로 왔다.

"일이 많지? 고생이 많아요."

대표는 목적 없이 다정한 말을 건네는 사람이 아니다. 나는 대표가 온 이유를 알 수 있었다. 수습 기간이 종료된 것이다. 점수는 알 수 없지만, 무난하게 통과했다는 것을 알았다. 스스로와 약속한 3개월을 버텼다.

어린이날이 지나고, 퇴사 면담을 신청했다. 퇴사하는 이유는 거짓말을 했다. 예전 회사의 상무가 유명 외국계 기업에 있는데, 번역팀으로 스카우트 제의를 받았다고 했다. 지금 연봉보다 1.5배를 주겠다는 말로 쉽게 납득시켰다. 이 거짓

말은 나의 자존심을 지키기 위한 것이기도 하고, 상사의 자존심을 지켜주는 것이기도 했다. 퇴사 날짜가 정해지고, 나는 더 이상 스트레스를 받지 않았다. 끝이 있다는 것은 현재를 버티는 데 큰 도움이 되었다.

마지막 한 달은 시간이 빨리 갔다. 지방 선거, 현충일 휴무, 한 번의 주말과 마지막 공휴일까지 알차게 챙겨 먹고, 유유히 회사를 빠져나왔다.

맞벌이를 하면서 빚을 갚는 속도가 빨라졌다. 남편의 급여일은 10일, 나는 25일이었다. 2주 간격으로 급여가 입금되니 한 명의 월급은 고스란히 빚을 갚는 데 쓸 수 있었다. 각자의 회사에서 나오는 추가적인 혜택도 있었다. 남편은 팀장이라 법인 카드가 나왔다. 회사에서 점심을 먹거나 커피를 마실 때 종종 사용해서 용돈을 아낄 수 있었다. 회사의 밀키트 제품도 직원 할인가에 구매할 수 있었다. 덕분에 저녁 식탁에는 남편 회사의 제품이 자주 올랐다.

나는 입사 첫날부터 스팸 세트를 받았다. 매월 문화생활비, 팀 활동비 등으로 15만 원을 신청했다. 문화생활비로는 좋아하는 가수의 콘서트를 예매했다. 그건 나의 버티기 전략 중 하나였다. 콘서트 날짜가 지나야 영수증을 제출할 수 있기 때문에 티켓값이 아까워서라도 회사를 다녀야 했다.

경력직 사원들은 입사하면 검색광고 자격증을 따야 했다. 팀장의 압력을 받고 한 달 만에 자격증을 땄다. 덕분에 20만 원의 자격증 수당을 챙길 수 있었다. 4월에는 전 사원에게 지급되는 성과급으로 50만 원을 받았다. 운이 좋았다. 근로자 휴가 지원 사업의 혜택도 받았다. 20만 원을 내면 총 40만 원의 휴가 지원금을 쓸 수 있었다. 생일에 나오는 5만 원 상품권과 체육대회 참가상까지 야무지게 챙겨 나왔다.

나의 취업은 결과적으로 남는 장사였다.

다시, 시작

회사원이 자영업자보다 좋은 이유는 몸만 빠져나올 수 있다는 점이다. 사표를 던지면 회사의 업무와 인간관계로부터 순식간에 로그아웃된다. 회사 생활을 정리하고, 집으로 돌아왔다. 당분간은 그의 우산 아래에서 앞으로 어떤 일을 할지 고민할 생각이다.

내 커리어는 일(一) 자보다는 갈 지(之) 자에 가깝다. 대학에서는 심리학을 전공했고, 졸업 후에는 기술 번역을 했다. 영어로 이메일을 쓰고, 한글로 번역하는 일은 제법 재미있었다. 번역회사에서 4년 정도 일을 하다가 외국계 IT 기업의 한글화 부서에 입사했다. 을의 회사에서 갑의 회사로 이직하자 동료들이 부러워했다. 흔치 않은 케이스였다. 29층에서 내려다보는 테헤란로의 풍경은 끝내줬다. 커리어우먼의 삶에 취해 5년을 근무했다.

퇴사 후에는 1년 동안 신춘문예와 여행작가를 준비했다. 신춘문예는 보기 좋게 떨어졌고, 여행작가가 되는 것은 나중으로 미뤘다. 오빠가 급하게 회사로 들어오라고 했다. 외식 프랜차이즈 회사에서 본부장으로 8년을 일했다. 마지막 경력은 인사 담당자 4개월이다.

앞으로 몇 개의 직업을 더 가지게 될지 알 수 없다. 외길 인생을 걸어왔다면 지금쯤 더 높은 자리에 올라 있을지도 모른다. 하지만 지금의 삶을 후회하지는 않는다. 충분히 재미있고, 의미 있는 경험이었다. 무엇보다 나에게는 엄청난 생활력이 생겼다. 번역 프리랜서를 할 수도 있고, 홀 서빙도 할 수 있다. 인사팀으로 다시 취업할 수도 있다.

잡코리아와 알바몬에 자주 들어가서 채용 공고를 검색한다. '뭐라도 되겠지' 하는 마음으로 먹고살 방법을 궁리한다.

남편은 나와 다르게 새로운 회사에 잘 적응했다. 을의 회사에서 갑의 회사로 가니까 좋다고 했다. 회사의 제품을 깊이 있게 파고들고, 업무가 다양해서 지루하지 않다고 했다. 5년 정도는 거뜬히 다닐 수 있겠다며 너스레를 떤다. 예전에는 녹초가 되어서 퇴근했는데, 이제는 퇴근 후에도 에너지가 남아 있다. 남편은 더 이상 한숨을 쉬지 않는다.

남편은 빚밍아웃 이후로 갱생하려고 노력 중이다. 한 달 용돈을 입금해주면 체크카드로 생활한다. 매일 용돈 기입장도 쓴다. 담배를 끊고, 금연 껌을 씹는다. 사각 턱이 될 정도로 많이 씹는다는 게 문제이긴 하지만, 현재로서는 최선이다. 술은 일주일에 세 번만 마시려고 노력한다. 대신 무알코올 맥주에 눈을 떴다. 그 정도 꼼수는 눈감아주기로 했다.

아직 남편을 완전히 믿는 것은 아니다. 남편의 공인인증서와 OTP 카드를 내가 가지고 있지만 여전히 불안하다. 남편 덕분에 예전보다 경제 뉴스를 자주 찾아본다. 스텔스 계좌, 비상금 대출 등 신종 수법이 속속 등장하고 있다. 혹시 또 대출을 받았나 불안해서 남편의 신용점수를 자주 조회한다. 남편이 출장을 다녀오면 구글 타임라인을 확인한다. 나는 더 이상 동화 같은 결혼 생활을 믿지 않는다.

빚을 갚을 길이 열리면서 남편과의 관계는 예전으로 돌아왔다. 남편은 나의 최측근이자, 내가 마음 편히 푼수를 떨 수 있는 친한 친구다. 같이 있을 때 제일 편한 사람이다. 내가 무엇을 좋아하고, 무엇을 싫어하는지 잘 알고 있다. 그는 자신의 흑역사를 페이소스로 승화시키는 능력이 있다. 때때로 내가 쏘아붙일 때면 남편은 "착실하게 살게"라는 정형화된 멘트로 부부싸움의 위기에서 빠져나간다.

가끔은 엉뚱한 행동으로 나를 어이없게 만들기도 한다. 대형마트에 갔을 때의 일이다. 방울토마토가 2팩에 8,000원인데, ○○카드가 있으면 2,000원 할인이라고 쓰여 있었다. 내 ○○카드를 남편이 쓰고 있을 때였다.

"카드 안 가져왔어?"

"두고 왔어."

"빨리 가져와."

"진짜?"

그 말을 남기고 남편은 한참 동안 돌아오지 않았다. 답답해서 전화했더니 깜빡이를 켠 소리가 들렸다.

"사당역이야. 집에 다 와 가."

차에 두고 온 줄 알고 주차장에 다녀오라고 한 건데, 남편은 지갑을 가지러 집에 다녀왔다. 2,000원을 할인받기 위해 영수증 없이 주차장을 빠져나가서 주차비 2,000원을 내야 했고, 쓸데없이 기름값을 낭비해야 했다. 덕분에 나는 화장실이 급해서 발을 동동 구르면서 마트 안에 갇혀 있었다. 그가 "집에 두고 왔어"라고 말했거나, 내가 "빨리 차에 가서 가져와"라고 했으면 생기지 않았을 일이다.

곰곰이 생각해보니 이 사건의 본질은 부부 사이의 주도권 문제였다. 갑질이라고 오해할 법한 나의 요구를 남편은 순순히 받아들였다. 그의 행동은 '아내가 시키면 묻지도 따지지도 말고 한다'라는 소신의 발로였다. 남편에게서 결혼 생활을 유지하고 싶은 간절함이 보였다. 마음이 누그러졌다.

퇴사를 하고 경주로 이른 여름휴가를 갔다. 수학여행 이후로 25년 만이다. 천년의 고도 경주에서 석가탑과 다보탑, 석굴암을 봤다. 세상 지루했던 고적과 무덤에서 역사의 경이로움과 신비를 느꼈다.

여행을 통해 모처럼 빚 사태 이전으로 돌아간 기분을 느꼈다. 남편의 비밀을 일찍 알았더라면 가래 대신 호미로 막았겠지만, 이미 벌어진 일이다. 예전과 같을 수는 없겠지만, 예전으로 돌아가기 위해 노력하고 있다. 이번 생에서는 부자가 되는 것은 포기했다. 대신, 보통의 가정을 꾸리기 위해 최선을 다할 생각이다.

우리는 수백 명 앞에서 슬플 때나 기쁠 때나 함께하기로 맹세했다. 슬플 때를 함께했으니 기쁠 때를 기다려본다. 앞으로 40년 이상, 최악의 경우에는 80년까지도 옆에서 그를 지켜보고, 다독이며 함께 걸어가야 한다.

우리 부부의 남은 인생에 건투를 빈다.

신혼 엔딩

초판 1쇄 인쇄 2022년 10월 31일
초판 1쇄 발행 2022년 11월 11일

지은이 이진영
편집 정은아 윤소연 **디자인** 호예원 **일러스트** 도아마(Doaama)

마케팅 총괄 임동건 **경영지원** 이지원
펴낸이 최익성 **출판총괄** 송준기 **펴낸곳** 파지트 **출판등록** 2021-000049호

제작지원 플랜비디자인
주소 경기도 화성시 동탄원천로 354-28
전화 031-8050-0508 **팩스** 02-2179-8994 **이메일** pazit.book@gmail.com

ISBN 979-11-92381-27-5(03810)